«Haben Sie schon einen Hund? – Nein? Wenn Sie dieses reizende Büchlein gelesen haben, wünschen Sie sich wahrscheinlich einen solch krummbeinigen, durchtriebenen Hausgenossen wie den Langhaardackel Blasius. Er selbst erzählt die Geschichte seines Lebens: Seine frühe Kindheit im Haus einer adligen Dame, dann die Begegnung mit seinem Herrchen – es war auf beiden Seiten Liebe auf den ersten Blick. (...) Wer die Geschichte von Blasius liest, wird sich ein paar Stunden gut unterhalten.» (Süddeutscher Rundfunk)

Hans Gruhl, geboren 1921 in Bad Altheide/Schlesien, war Doktor der Medizin wie auch der Philologie. Er starb 1966 in München. «Liebe auf krummen Beinen» wurde 1959 mit Walter Giller, Liesl Karlstadt und Sonja Ziemann verfilmt.

HANS GRUHL

Liebe auf krummen Beinen

ROMAN

Rowohlt Taschenbuch Verlag

Neuausgabe August 2012

Veröffentlicht im Rowohlt Taschenbuch Verlag,
Reinbek bei Hamburg, Dezember 1973

Zuerst erschienen 1958 im Verlag der Sternbücher, Hamburg
Umschlaggestaltung any.way, Cathrin Günther
(Illustration: plainpicture/Folio Images;
D. Babenko/Zoonar/AGE/Premium)
Satz aus der Quadraat (InDesign)
bei Pinkuin Satz und Datentechnik, Berlin
Druck und Bindung CPI – Clausen & Bosse, Leck
Printed in Germany
ISBN 978 3 499 25895 4

Ich heisse Blasius und stamme aus der Zucht Rohmarken, irgendwo in Bayern. Meine Erinnerung reicht nur bis zu einem bestimmten Punkt meiner Jugend zurück: Ich lag zwischen einem Bruder und zwei Schwestern am warmen Bauch unserer Mutter und trank.

Dieser Vorgang wiederholte sich so oft und so regelmäßig, dass er sich mir als erster einprägte. Die Lust am Fressen ist mir übrigens bis zum heutigen Tage geblieben.

Ich erinnere mich weiter an Frau von Quernheim. Ihr gehörte unsere Zucht. Sie tat alles für uns und achtete peinlich genau darauf, dass wir unseren Stundenplan einhielten. Sie war von großer, Achtung gebietender Gestalt und trug Kleider aus schwerer Seide. Ihre Augen waren freundlich, aber sie sahen alles, und es fiel uns schwer, etwas vor ihnen zu verbergen. Sie konnte plötzlich und überraschend hinter einem stehen; oft war ich erschrocken, wenn sie mich mit ihrer mahnenden Stimme bei irgendeinem Unfug ausschimpfte. Nur an Festtagen hörte man sie von weitem, weil sie dann bunte, klappernde Steinchen auf der Brust trug.

Frau von Quernheim wohnte in einem weitläufigen Haus. Es enthielt viele Zimmer, in denen man sich verlaufen, und viele Möbel, unter die man kriechen konnte. Alles roch alt und ehrwürdig, und in der vornehmen Stille klang unser Gebell aufdringlich und unangebracht. In der Küche, die bald zu unserem Lieblingsaufenthalt wurde, hantierte die dicke, gutmütige Angela. Frau von Quernheim schimpfte oft mit ihr, wenn sie uns mehr zu fressen gab, als wir kriegen sollten.

Das Haus lag in einem parkähnlichen Garten. Als wir größer geworden waren und uns daran gewöhnt hatten, unsere Geschäfte nicht mehr auf Frau von Quernheims echten Perserteppichen zu erledigen, sausten wir oft stundenlang durch Buschwerk und über üppige Rasenflächen. Herrlich war es, wenn das Gras an der Bauchhaut kitzelte. Bald kannte ich jeden Weg und jede Wurzel. Auf der Straße mussten wir an die Leine, weil Frau von Quernheim fürchtete, dass wir unter die Autos kämen. Auch mir waren Autos zuerst unheimlich, mit ihren glänzenden, starren Augen und ihrer lautlosen Schnelligkeit. Aber dann gefielen sie mir besser und besser. Es war ein eigenartiger, bezwingender Duft an ihnen, nach besonnten Polstern, edlen Zigaretten und dem merkwürdigen Stoff, von dem sie lebten. Wenn ich ihn witterte, stieg ein wunderliches Gefühl von Fernweh und Abenteuerlust in mir auf. Leider hat es sich später so gesteigert, dass ich verschiedentlich in fremde Autos eingestiegen bin, was einen Haufen Ärger nach sich zog.

Mit der Zeit lernte ich auch meinen Vater kennen.

Er kam immer mal zu unserer Mutter und schnupperte zärtlich an ihr. Er ist der schönste Langhaardackel, den ich je in meinem Leben gesehen habe, viel schöner, als ich heute bin. Sein Gesicht war schmal und klug und sein Fell goldbraun wie manche Blätter in unserem Park, wenn es kälter wurde. Auf der Brust hatte er einen kleinen weißen Fleck und an den Hinterbeinen langes, seidiges Haar. Seine Nase war von einem tiefen, glänzenden Schwarz, wie es meine niemals erreicht hat. Allerdings sollte sich das später zu meinen Gunsten auswirken.

Von ihm lernte ich, mich gelassen zu bewegen und in schwierigen Situationen die Ruhe zu bewahren. Er brachte mir bei, wie man den Schwanz hält und große Löcher in kürzester Zeit gräbt.

Wenn Gäste da waren, zeigte Frau von Quernheim die Preise und Medaillen, die er auf Ausstellungen gewonnen hatte, eine ganze Schublade voll. Er konnte auf ihrer flachen Hand aufrecht stehen wie eine Bildsäule. Ich war stolz, ihn in meinem Stammbaum zu haben.

Unsere Mutter war herzensgut, nur ein bisschen dick. Ich sah daran, dass mein Vater sie nicht nur wegen Äußerlichkeiten genommen hatte, und er stieg deshalb noch mehr in meiner Achtung. Es hieß, er hätte schon allerhand Frauen gehabt, aber zu meiner Mutter war er immer höflich und aufmerksam, er fraß ihr nie etwas weg und beschäftigte sich mit uns, wenn sie müde war und schlafen wollte.

Diese erste Zeit meines Lebens war überaus glücklich. Obwohl ich heute vollkommen zufrieden bin, habe ich manchmal Sehnsucht nach dem alten Haus mit seinen Möbeln und Plüschkissen und den hohen Laubbäumen im Park.

Eines Tages aber passierte etwas Furchtbares.

Es erschien ein alter Herr mit weißem Haar und zerknittertem Gesicht. Wir wurden ins Haus gerufen und in das Zimmer geführt, in dem er saß.

Frau von Quernheim sprach mit ihm über uns, und der Herr betrachtete uns reihum mit durchbohrenden Blicken.

«Nur ein Weibchen kommt in Frage», sagte er.

Ich verstand nicht recht, was das bedeuten sollte, aber es

wurde mir bald klar: Er ergriff plötzlich meine Schwester Kyra am Kragen und hob sie hoch. Sie hing da wie ein Dieb am Galgen und schaute traurig und entsetzt herunter.

«Gut», sagte der Herr. «Ich nehme sie mit. Wie viel?»

«Einhundert, Baron», sagte Frau von Quernheim.

Das Weitere ging ganz schnell: Der Baron zog aus einer Ledertasche einige Papierscheine und zählte sie auf den Eichentisch, unter dem ich so gern saß. Unsere Herrin überreichte ihm ein zusammengerolltes Pergament. Es war Kyras Stammbaum.

Der Herr steckte ein Monokel in sein zerknittertes Gesicht und las lautlos und gründlich.

«Gut», sagte er wieder. «Eine Leine habe ich.»

Frau von Quernheim hakte sie an Kyras Halsband fest. Dann nahm sie meine Schwester hoch und drückte sie an ihr Gesicht. «Leb wohl, meine Kleine», sagte sie. «Lass es dir gutgehen.» Da verstand ich, was vorgegangen war.

Sie hatte Kyra verkauft, und sie musste nun fort von uns. Zum Abschiednehmen blieb keine Zeit. Wir sahen fassungslos zu, wie der Herr Kyra auf den Arm nahm und mit ihr zur Tür ging. Frau von Quernheim öffnete und sagte: «Auf Wiedersehen, Baron.»

Dann verschwand er. Durch den Türspalt sah ich noch einmal Kyras traurige Augen. Sie waren das Letzte, was ich jemals von ihr gesehen habe.

Wir waren sehr deprimiert und gingen früh schlafen. Ich lag lange Zeit wach, und mir wurde klar, dass uns alle ein ähnliches Schicksal erwartete.

Merkwürdig, wie schnell man vergisst. Schon zwei Tage später vermissten wir Kyra nicht mehr und dachten auch nicht an die Gefahr, die uns drohte.

Meinen Bruder Ralf traf es als Nächsten. Er geriet an ein nettes Ehepaar, auch für 100 Mark. Sie fuhren in einem offenen Sportwagen davon. Ralf saß auf dem Schoß seines neuen Frauchens. Seine Pfoten lagen auf der Türkante, und seine schönen Ohren flatterten im Wind, als der Wagen anzog. Ich glaube, er hat es gut getroffen.

Molly und ich blieben zurück. Molly war unserer Mutter sehr ähnlich, ein bisschen bequem und ein bisschen dicklich.

Fortan jagten wir allein durch den Park und bellten nur noch zweistimmig.

Einige Zeit geschah nichts, und ich begann schon zu glauben, dass ich meine Tage in meinem Geburtshaus beschließen würde. Fast überfiel mich etwas Ähnliches wie Eifersucht. Ralf und Kyra waren schon draußen in der großen Welt, und wir blieben hier sitzen, erlebten nichts Neues und wurden immer älter. Aber eines Tages fuhr ein gewaltiges Auto vor. Ein Chauffeur in knapper Uniform riss den Schlag auf. Heraus rauschte eine ebenso gewaltige Dame und steuerte auf unsere Haustür zu. Ich saß hinter dem Zaun und sah sie kommen.

Kurz darauf dröhnte Frau von Quernheims Stimme. Wir schlichen ins Besuchszimmer, setzten uns auf den Teppich, hielten die Schwänze still und blickten züchtig zu Boden.

Die Dame thronte auf dem Besucherstuhl und klatschte furchtbar in die Hände, als sie uns sah.

«Gott, sind die süß», trompetete sie. «Nein, so was Herrliches!»

Sie versuchte sich vorzubeugen, aber sie schaffte es nicht. «Ja, wo sind denn die lieben Schnuckelchen? Ja, wollt ihr denn nicht mal zu Frauchen kommen? Wollt ihr nicht?»

Den Teufel wollten wir.

«Sie sind noch sehr jung», sagte Frau von Quernheim. «Sie lernen es bestimmt.»

Du wirst dich wundern, dachte ich.

Die Dame lehnte sich zurück und redete weiter.

«Gott, sind die herrlich! Mein Mann sagt immer, Trudchen, sagt er, niemand hat so schöne Dackel wie die liebe Frau von Quernheim. Gott, was für ein Kleid Sie wieder anhaben ... einfach himmlisch ... er sagt, er fühle sich ganz verwaist, seit Flocki tot ist ... wie der Mann an dem Hund gehangen hat ... nein, Sie können es sich nicht vorstellen ...»

So ging es etwa fünf Minuten weiter. Luft zu holen schien die Dame nicht nötig zu haben. Ich schielte zu Frau von Quernheim hinüber, die immer sehr gegen unnötigen Zeitverlust war. Ich merkte, wie sie im Geiste die Hände rang.

«... ja, und nun hat er morgen Geburtstag ... bis vor einer Stunde wusste ich noch nicht, was ich ihm diesmal schenken sollte ... denken Sie, wir sind einundzwanzig Jahre verheiratet ...»

Der arme Mann, dachte ich, und Frau von Quernheim und Molly schienen es auch zu denken.

«... da erinnerte ich mich an Sie und Ihre entzückenden Hundchen ... ist das nicht komisch ...?»

Ich fand es nicht komisch. In mir reifte der Entschluss, mich vor den nächsten Omnibus zu werfen, wenn Frau von Quernheim auf die Idee kommen sollte, mich dieser Dame zu überlassen. Nur nicht zu der! Ihr Gerede würde mich zur Verzweiflung treiben, und binnen kurzem würde ich genauso dick sein wie sie. Ich wusste, was auf mich wartete: ein Kissen auf dem Sofa mit Blick auf die Vitrine, dreimal täglich auf die Straße und die restliche Zeit auf ihrem Schoß! Nein, dann lieber als Meldehund in die Fremdenlegion!

Es war, als ahnte Frau von Quernheim meine Gedanken. Sie fasste mich am Kragen und setzte mich auf den Schoß der Kundin, wahrscheinlich um den Erzählungen ein Ende zu machen. Es roch dort nach Schweiß und Puder. Ihre fetten Finger tasteten an mir herum.

«Herrlich, entzückend! Und so nette Augen hat das Hundeli! Nur ein bisschen mager, finden Sie nicht?»

Sie hob mich hoch, bohrte ihre dicke Nase zwischen meine Ohren und nuschelte weiter.

«Hab nur keine Angst, mein Tierchen! Bei mir kriegst du immer feines Fresseli! Feines Fresseli! Jaaa!»

Nach einer Weile ließ sie mich los. Ich sprang hinunter und schüttelte mich gründlich. Frau von Quernheim sah mich tadelnd an.

Dann wurde meine Schwester Molly angehoben. Die Dame behielt sie länger auf dem Schoß als mich, und obwohl ich Molly nichts Schlechtes wünschte, frohlockte ich im Stillen. Molly schien ihr mehr zu liegen. Heiliger Blasius, dachte ich, du hast mir schon so oft nicht geholfen, hilf mir wenigstens diesmal!

Molly wurde entlassen und setzte sich wieder neben mich.

«Nun», flötete Frau von Quernheim lieblich, «welchen darf ich Ihnen mitgeben?»

Jetzt kam's. Ich bemühte mich, eine trotzige Miene aufzusetzen. Molly behielt ihren ergebenen Blick bei, sehr zu ihrem Nachteil.

Die Fremde musterte uns abschätzend. Schließlich blieb ihr Blick auf Molly haften. «Ach Gott ... man sagt doch, Weibchen wären zärtlicher ... und anhänglicher ... sie ist auch nicht so mager ...»

«Sie haben vollkommen recht», sagte Frau von Quernheim.

«Nicht wahr ... und dann ... das Schnäuzchen ... es ist so schön schwarz ...»

Ja, Molly hatte ein süßes schwarzes Schnäuzchen. Ich pries meine Ahnen, dass sie es mir versagt hatten. Noch einmal musterte mich die Dame. Meine Ohren zitterten. Ich schloss die Augen, um meine Unruhe zu verbergen.

Als ich sie wieder öffnete, war die Entscheidung gefallen. Der dicke Zeigefinger der Dame wies auf Molly. «Die nehm ich!», sagte sie.

Ich atmete auf. Man denke deshalb nicht schlechter von mir als nötig. Ich wünschte Molly nichts Übles. Aber für ein Leben bei der Riesendame schien sie mir eher geeignet zu sein als ich.

«Was muss ich bezahlen?»

Frau von Quernheim nannte ihr mit milder Festigkeit den unverschämten Preis von 150 Mark. Die Dame verzog das Gesicht, als hätte sie beim Hasenessen auf eine Schrotkugel gebissen. Aber sie zahlte.

Ich saß hinter dem Gartengitter, als sie fortgingen. Eine rote Leine baumelte zwischen ihnen, und beide wackelten mit dem Hinterteil und schwitzten. Der Chauffeur riss den Schlag auf. Molly sprang ohne Verzug auf den Vordersitz und rollte sich zusammen. Ich glaube, sie schlief schon, bevor die Tür ins Schloss fiel.

Während der nächsten Tage ging es mir gar nicht gut. Ich fühlte mich verlassen und einsam. Und die Ungewissheit, wem ich in die Hände fallen würde, ließ mich nicht zur Ruhe kommen. Scheußlich!

Dieser Zustand endete zwölf Tage später. Ich trieb mich gerade im hinteren Teil des Gartens herum und erschrak furchtbar, als Frau von Quernheims Stimme erklang. Arge Befürchtungen stiegen in mir auf.

«Na los, los», rief sie, als ich den Weg herangezottelt kam, «willst du eine Extraeinladung?»

Ich drückte mich zögernd ins Verkaufszimmer und gewahrte einen Herrn von vielleicht dreißig Jahren. Er saß ziemlich lässig auf dem Kundensitz. Die würdige Umgebung schien ihm wenig zu imponieren. Er war lang und breit und hatte einen dunklen Indianerkopf. Seine Augen sahen aus, als wären sie aus braunem Samt, fast wie Hundeaugen. Sie gefielen mir. Er richtete sie auf mich, und ich erwiderte seinen Blick. Geraume Zeit sahen wir uns an.

Dann verzog der junge Mann das Gesicht. Kleine knittrige Falten erschienen in seinen Augenwinkeln, und die Grübchen neben seinen Mundwinkeln vertieften sich. Er lachte.

Dann beugte er sich nach vorn und hielt seine große Hand dicht über den Teppich.

«Na, komm, Krummbein!»

Ganz gegen meine Gewohnheit setzte ich mich in Bewegung – in Richtung auf die ausgestreckten Finger. Kurz davor machte ich den Hals lang und schnupperte. Gut roch er. Ein bisschen nach Tabak, aber gut. Und während meine Nase seinen Handteller berührte, krabbelten seine Fingerspitzen ganz zart hinter meinem linken Ohr. Das ging mir durch das ganze Fell und rief ein wunderliches Gefühl von Geborgenheit und Zuneigung in mir wach. Ich möchte zu ihm, dachte ich. Ob er mich wohl nimmt?

Er richtete sich auf, und seine braunen Augen umfassten die stattliche Figur meiner Herrin.

«Prima Tierchen. Gefällt mir. Was soll er kosten?»

«120 Mark.»

Frau von Quernheim brachte das so unbefangen heraus wie ein Schwarzhändler. Der Lange zog die Brauen etwas höher.

«Oh», sagte er. «Das hätte ich nicht gedacht. Bisschen viel für mich.»

Ich blieb bewegungslos sitzen, Zorn im Herzen. Frau von Quernheim, diese Fleisch gewordene Geldgier! Ralf und Kyra hatte sie für 100 Mark weggegeben, was schon nicht billig gewesen war. Der Dicken, welche die mollige Molly für 150 Mark eingehandelt hatte, war recht geschehen. Nun aber wollte sie für mich auch mehr herausschinden. Der Kunde sah nicht aus, als könnte er mit den Scheinen herumschmeißen. Er würde gehen und mich hierlassen, wieder in Ungewissheit und Sorgen.

«120», murmelte er. «Ich dachte, man bekäme sie schon für 50 oder 80, aber 120 Mark ...»

«Wir haben eine sehr alte Zucht», sagte Frau von Quernheim kühl. «Und Rüden sind immer etwas teurer», fuhr sie fort.

Lügen!, wollte ich rufen, aber ich konnte nicht. O schlechte Welt, in der selbst die Adligen logen.

Der junge Mann rieb sein Kinn. Ich legte den Kopf schief und machte flehende Augen. Frau von Quernheim stand da in kalter Höflichkeit.

«Tja», sagte der arme Kunde nach einer Weile, «ich weiß nicht ... kann ich mir die Geschichte noch einmal überlegen?» Überlegen! Seit zweitausend Jahren die Rede derer, die für irgendetwas kein Geld haben. Aber Frau von Quernheim war nicht fürs Überlegen. Sie machte es ihm schnell klar. «Sehr gern. Aber aufheben kann ich ihn leider nicht. Wenn ein Kunde kommt ...» Er nickte bekümmert. Wieder beugte er sich vor und hielt mir die Hand hin. Die letzte Chance! Ich leckte seinen Handteller und begann heftig zu wedeln.

«Blasius!», rief Frau von Quernheim mahnend.

Hol dich der Teufel, dachte ich und wedelte weiter. Hier geht es um meine Zukunft. Mag er arm sein wie Hiob nach der Währungsreform, mir gefällt er.

Wieder erschienen die Fältchen und Grübchen in seinem Gesicht. Seine Pranke schloss sich um mein Rückenfell. Gleich darauf saß ich auf seiner Konfektionshose. Er streichelte mir die Seiten, und mein Herz klopfte. «Na schön», sagte er, mehr zu mir als zu Frau von Quernheim, «ich nehme ihn. Wird ein knapper Monat werden ... darfst eben nicht so viel fressen.»

Ich wäre am liebsten mit allen vieren zugleich in die Luft gesprungen, aber ich hatte sowieso schon gegen meine sorgfältige Erziehung gesündigt. ‹Mein› Kunde setzte mich vorsichtig zu Boden und stand auf. Seine Brieftasche war flach wie ein Pfannkuchen. Er tat mir leid, als er die Scheine herauskramte. Währenddessen gab Frau von Quernheim ihm gute Ratschläge, wie ich zu behandeln sei. Wahrscheinlich wollte sie ihm klarmachen, dass ich trotz des hohen Anschaffungspreises im Betrieb billig wäre.

«Eine Mahlzeit am Tag genügt», sagte sie. Sie selbst aß

fünfmal. «Allenfalls abends noch eine Scheibe Brot. Gegen die Staupe ist er schon geimpft ...» Mit Entsetzen erinnerte ich mich an die lange Nadel in meinem Allerwertesten ... «Und bürsten Sie das Fell täglich ...» So sprach Frau von Quernheim und nahm mich noch einmal auf den Arm.

«Wiedersehn, mein Kleiner. Mach mir keine Schande. Wiedersehn.»

Als ich ihre Wange mit der Schnauze berührte, sah ich, dass ihre Augen feuchter als gewöhnlich waren, und ich vergaß allen Ärger über den Wucherpreis. Wie gut war sie immer gewesen! Sie hatte sich abgeplagt, uns großzuziehen, und etwas von ihrer Würde und Vornehmheit war auf uns übergegangen. Wie viele von uns hatte sie schon umsorgt und dann hergeben müssen. Kein Mensch fragte, wie ihr dabei zumute war. Mochte kommen, was wollte, diese schöne Zeit meiner Jugend würde ich nicht vergessen. Auch nicht Frau von Quernheim.

Mein neuer Herr steckte meinen Stammbaum an die Stelle, wo vorher sein Geld untergebracht war. Halsband und Leine besaß er noch nicht. Er verabschiedete sich von Frau von Quernheim. Ich trottete hinter ihm durch die Tür.

Im Garten saßen meine Eltern und schauten uns neugierig an. Ich beschnupperte sie zum Abschied. Meine Mutter sah ein wenig traurig aus, weil nun das letzte ihrer Kinder von ihr fortging. Ihre großen geduldigen Augen blickten mich an, als wollte sie sich mein Bild noch einmal und für immer einprägen, und mir wurde hundeelend zumute. So wenig hatte ich für sie getan und sie so viel für mich. Fast wäre ich jetzt noch umgekehrt, und am liebsten hätte ich mich im Park versteckt, um nicht von ihr fortzumüssen. Aber es ging nicht. Mein Vater begleitete mich bis zum Tor.

Als ich durch war, zwinkerte er mir zu, und ich zwinkerte zurück.

Auf der Straße nahm mich mein neues Herrchen hoch. Drüben, auf der anderen Seite, standen, funkelnd und neu, ein Mercedes und ein BMW. Zwischen ihnen parkte ein unscheinbares Gefährt aus der Vorkriegszeit, dessen sich die beiden anderen offensichtlich schämten. Es sah aus wie eine verwitterte Hundehütte auf Rädern. Zuerst kam mir überhaupt nicht der Gedanke, dass es der unsrige sein könnte. Ralf und Molly waren in neuen Wagen abgefahren. Wer gab sich heute noch mit so einem Schlitten ab? Zu meinem ungeheuren Entsetzen steuerten wir aber auf das Vehikel in der Mitte zu. Natürlich! Wie hatte ich auch annehmen können, dass er einen neuen Wagen besäße, da er kaum mich hatte bezahlen können.

Herrchen zog an der Klinke. Sie löste sich leicht aus der Tür, und er hielt sie in der Hand.

«Verflucht», knurrte er. Er musste wohl spüren, dass mir die Sinne schwanden, denn er drückte mich begütigend, während er mit der anderen Hand die Klinke wieder in ihr Loch steckte.

«Musst dir nichts draus machen», tröstete er. «Es ist eine alte Kiste, aber sie fährt. Werdet euch schon aneinander gewöhnen.»

Niemals, dachte ich. Dieses Ding ist meiner Rasse unwürdig. Alle ehrbaren Hunde würden in Zukunft einen Bogen um mich schlagen.

Mittlerweile hatte Herrchen die Tür aufgekriegt. Sie schwang misstönend herum und gab den Blick in das Innere frei. Ich sah rissige, ölbefleckte Polster. Die Türen waren innen mit Sperrholz benagelt. Das Verdeck hing wie ein mittelalterlicher Baldachin über den Querstäben. Die Speichen des Lenkrades waren mit schmutzigem Leukoplast umwickelt. Ein muffiger, öliger Werkstattgeruch drang in meine Nase.

Herrchen setzte mich auf den rechten Sitz. Ich sank augenblicklich mit den Hinterbeinen in die Rosshaarwolle ein. Er zog mich wieder heraus, und ich suchte mir eine Stelle, wo keine Löcher im Bezug waren. Als er sich selbst setzte, senkte sich das Gefährt mit einem Wehlaut auf die Achsen. Dann trat er auf den Anlasser. Die Bodenbretter bogen sich. Als der Motor ansprang, glaubte ich unsere Handmähmaschine zu hören, mit der der Gärtner jeden Donnerstag den Rasen geschoren hatte. Eine hellblaue Wolke hüllte uns ein. Mit Mühe konnte ich noch einmal unser Haus und den Garten erkennen, in dem ich so oft herumgetobt war. Dann fuhren wir mit einem Ruck an. Ich rutschte zum zweiten Mal ins Rosshaar. Der BMW und der Mercedes blieben am Straßenrand zurück, und mir war, als grinsten sie höhnisch hinter unserer Arche her.

Nach wenigen Kilometern wurde mir schlecht. Ich hätte es nicht für möglich gehalten, aber es war so. Ich hatte geglaubt, für Autos geboren zu sein. Aber das Geschaukel machte mich fertig, und der Gestank gab mir den Rest. Ich fing an zu zappeln und zu schlucken. Dann passierte es. Obwohl ich nicht mehr sehr viel im Magen hatte, musste der Rest unbedingt heraus. Herrchen sah die Bescherung und bremste. Er setzte mich auf die Grasnarbe am Straßenrand, und ich sah mit wässerigen Augen zu, wie er mit einem alten Lappen meine letzte Mahlzeit vom Sitz wischte. «Ja», sagte er. «Würfelhusten. Nicht so schlimm. In dem Karren ist schon ganz anderen Leuten schlecht geworden. Das vergeht.» Er wartete noch eine Weile, bis ich mich einigermaßen erholt hatte. Bevor ich einstieg, legte er eine alte Decke über den Sitz. Wirklich sehr aufmerksam.

Während der weiteren Fahrt warf er ab und zu einen besorgten Blick auf mich. Ein paarmal noch stieg mir das Wasser zum Gaumen, aber ich hielt aus. Dieses Auto sollte mich nicht mehr schwach sehen!

Etwa nach einer Stunde Fahrt hielten wir vor einem gewaltigen Kasten von Haus mit vielen Fenstern und Balkonen, die alle gleich aussahen. Ich war froh, aus dem Wagen rauszukommen. In einem Karussell konnte es nicht viel schlimmer sein. Unterwegs hatte ich die Nase aus dem Fenster halten wollen. Es ließ sich nicht herunterkurbeln, wie auch die Knöpfe am Armaturenbrett nur zur Dekoration da waren und sich nichts ereignete, wenn man sie betätigte. Weiß Gott, ein Traumauto. Ich sprang auf die Straße und schüttelte mich gründlich. Mein Fell roch nach Zweitaktergemisch. Herrchen schloss den Wagen nicht ab. War auch nicht nötig. Wer den stehlen wollte, war selbst schuld.

Die Tür des Hauses schnappte auf, und wir betraten den Flur. Er war mit marmorähnlichen Platten ausgelegt und angenehm kühl. Auf den Treppenstufen musste ich ziemlich hopsen, um von einer zur anderen zu kommen. Na, später würde es besser gehen.

Am Ende des Flurs war eine Kabine mit einer Schwingtür. Herrchen nahm mich mit hinein und spielte an einer Knopftafel herum. Plötzlich fuhr die Kabine nach oben. Mir wurde wieder flau, aber glücklicherweise war der Magen jetzt leer. Nach einer Weile hielt das Ding mit einem Ruck. Wir gingen an ein paar Türen vorbei. Dann blieb Herrchen stehen. Ich sah das Schild unter der Klingel:

DANIEL NOGEES
Kriminalkommissar

Ach, du lieber Gott. Ein Polizist. Ich sah mich schon als Polizeihund über Eskaladierwände klettern und scharfe Handgranaten apportieren.

Und Daniel? Komischer Name. Ich beschloss, ihn Dan zu nennen. Das war kurz und modern. Schließlich waren wir mit Amerika verbündet.

Wir betraten die Wohnung. Mit dem ersten Blick sah ich, dass sie in besserem Zustand war als unser Auto. Ganz so arm schien er doch nicht zu sein.

Von einem kleinen Vorraum mit hellen Wänden, eingebauten Schränken und Garderobehaken gingen drei Türen ab. Links das Bad und rechts die Küche, wie ich ohne weiteres am Geruch erkannte. Die hintere Tür führte ins Wohnzimmer. Es war größer, als ich erwartet hatte. Durch ein weites Schiebefenster, das von hübschen bunten Vorhängen eingerahmt war, konnte man den Balkon sehen. Links standen lederne, etwas abgewetzte Sessel um einen niedrigen Tisch. Wahrscheinlich geerbt. Zum Fenster hin schloss sich eine Couch an, deren Kissen recht brauchbar aussahen. In der hinteren Ecke stand das Radio auf einem kleinen schwarzen Schrank. Radios hatte ich schon bei Frau von Quernheim kennengelernt. Im Anfang war ich immer erschrocken, wenn plötzlich eine Stimme herauskam, und manche Arten von Musik taten mir so weh in den Ohren, dass ich heulen musste. Der kleine Schrank entpuppte sich später als wichtigstes Möbelstück. Dans Flaschen standen darin.

In der rechten Fensterecke war ein kleiner Schreibtisch mit einem Lehnstuhl davor. Von einer Seitenwand ging noch eine Tür ab. Konnte sich nur um das Schlafzimmer handeln. Sehr vernünftig, nicht jede Nacht in seinem eigenen Tabaksqualm zu schlafen.

Ein paar Bilder waren an den Wänden, einige hingen auf dem Kopf. Wohl moderne Kunst. Bei Frau von Quernheim hatte es so etwas nicht gegeben, man hatte immer erkennen können, was es vorstellen sollte. Über dem Schreibtisch sah ich eine Tafel mit einem handgemalten Spruch.

«Ich wünschte, die Frauen glichen den Sternen –
die abends kommen und sich morgens entfernen.»

Hm. Ein Wüstling also wohl auch noch! Schlimm, schlimm.

Mir war schon in den ersten Minuten klargeworden, dass hier mit einem Frauchen nicht zu rechnen war. Es hätte anders ausgesehen in der Bude und auch anders gerochen. Der Kriminalkommissar Daniel Nogees war Junggeselle.

Er riss alle Türen auf, warf sich in einen der Sessel und streckte seine langen Beine ins Zimmer. Musste sich auch erst von seinem Auto erholen. Ich schnupperte in den Ecken herum und untersuchte alles. Der Zentralheizungskörper unter dem Schiebefenster schien ausreichend groß zu sein. Nichts stört mich außer Hunger mehr als Kälte.

Der Teppich hatte niedliche Fransen. Würde nur eine Frage der Zeit sein, wie lange ich der Verlockung widerstehen könnte, einige von ihnen zu zernagen. Frau von Quernheim hatte fürchterlich geschimpft, wenn wir etwas zerfressen hatten, und seither nahm ich mich sehr in Acht.

Im Schlafzimmer nahm ein breites, flaches Bett den meisten Platz weg. Nachttisch, eingebauter Schrank, aus war's. Ich schlenderte wieder hinaus und zum Flur. Die Küche war viel kleiner als die, in der Angela uns versorgt hatte. Die Tür zur Speisekammer hatte Dan leider zu öffnen vergessen. Ich schnupperte an der Ritze herum. Hm. Nichts Gewaltiges. Brot, Zucker, Maggi – alles nutzloser Ballast. Als ich mich enttäuscht abwandte, gewahrte ich den Eisschrank am anderen Ende. Die Gummidichtung der Tür ließ kaum einen Hauch heraus, aber mir war doch, als lagerten Fleischprodukte im Innern – die einzig vernünftige Nahrung. Meine Vermutung wurde bestätigt, als Dan in die Küche kam.

«Aha. Kaum drin, schon fressen. Mal sehen, was wir für deinen Einstand haben.»

Er öffnete den Schrank. Obwohl unten alles voller Flaschen stand, witterte ich den untrüglichen Geruch von Aufschnitt und Gehacktem. Er kam aus den oberen Regalen, die ich nicht sehen konnte. Gehacktes! Neben roher Leber meine Lieblingsspeise! Wie nett von ihm, es zu ahnen!

Er hielt mir den Teller hin, auf dem eine köstliche Halbkugel von gehacktem Rindfleisch glänzte. Ich tanzte auf den Hinterbeinen. Der Teller hatte den Boden noch nicht berührt, als ich zu schlingen begann. Ich schmatzte laut und schämte mich. Ich fresse sonst immer mit Bedacht und kaue langsam, aber bei Gehacktem kann ich es nicht.

Binnen weniger Sekunden war es weg. Ich leckte auf dem leeren Teller herum, bis er wie ausgewaschen aussah. Dan klatschte mir noch eine Scheibe Mortadella auf die Nase. Sie ging den Weg allen Fleisches. Als ich den Kopf hob, sah ich Dans Grinsen. Auch ich versuchte es und wedelte dabei.

Dan zog einen flachen Einsatz aus dem Schrank und warf ein paar Eiswürfel in eine Glasschüssel. Dann nahm er noch eine Seltersflasche mit und knallte die Tür zu.

«Na komm», sagte er.

Ich warf schnell noch einen Blick durch die Tür gegenüber. Baderaum.

Waschtisch, Dusche, Toilette und viele weiße Kacheln. Für mich weniger interessant.

Im Wohnzimmer saß Dan auf seinem alten Platz. Er hatte Eis und Selters in einem Glas und goss gerade aus einer dunkel glänzenden Flasche etwas dazu. Sie trug ein weißes Etikett. Zwei Hunde waren darauf, ein weißer und ein schwarzer, wie ich sie noch nicht gesehen hatte. Sofort verbreitete sich ein Geruch im Zimmer, den ich nicht kannte. Ganz alt, etwas rauchig, eine Mischung von gutem Tabak und edlem Holz und einem Schinken, der weit weg war. Es war etwas Aristokratisches daran. Ich hob die Nase und schnupperte.

«Whisky», erklärte Dan. Er griff mich am Kragen und hob mich auf seinen Schoß. «Auch einer gefällig?»

Er hielt mir das Glas unter die Nase. In der Nähe wurde der Geruch so stark und stechend, dass mir schwindelte. Außerdem prickelte das Selterswasser. Ich schüttelte mich.

«Prost», sagte Dan, und das war das Wort, das ich fortan in dieser Wohnung am häufigsten hören sollte. «Dein Wohl, alte Fledermaus!»

Ich rekelte mich in seinem Schoß und schloss die Augen. Ich war satt und zufrieden. Der Whiskydunst machte, dass ich mein eigenes Gewicht nicht mehr spürte. Dans Finger krabbelten in meinem Fell herum.

«Siehst du, mein Guter», sagte er, «so leben wir. Klein, aber allein. Niemand stört uns, und niemand kümmert sich um uns. Manchmal freue ich mich, dass ich allein bin und frei, und manchmal wünsche ich, jemand wäre für mich da.»

Ich hörte, wie er einen Schluck nahm.

«Weißt du, mit Frauen ist das so eine Sache. Sind ja sehr nett und auch sehr nötig. Aber sie wollen einem immer einreden, man müsste heiraten – und wenn man sagt, es nähme einen niemand, dann wissen sie auf einmal jemanden. Immer allein ist nichts – aber immer zu zweit sein müssen ist auch nichts für mich – bis jetzt wenigstens.»

Er zog mich an den Ohren.

«Wollte gern Lebendiges in meiner Hütte haben. Deshalb habe ich dich eingehandelt. Reiner Egoismus, wie du siehst. Bist zwar verflucht teuer gewesen. Glaube, deine Alte hat mich ganz schön eingeseift. Adel schützt vor Geldgier nicht. Für uns wird die Fastenzeit vorverlegt. Gehacktes gibt's nur noch an Feiertagen. Und am Fuße dieser Whiskyflasche beginnt für mich die alkoholfreie, die schreckliche Zeit. Wenn du ein Mann wärst, würde ich dich anpumpen.»

So sprach Dan und leerte das Glas.

«Vom vorletzten Geld werden wir morgen ein Halsband für dich kaufen. Sollst es nicht schlechter haben als andere Mistviecher.»

Ich sah vorwurfsvoll drein, aber Dan bemerkte es nicht.

Draußen war es dunkler geworden, alle Gegenstände im Zimmer schienen weiter weg zu sein.

Dan schwieg und trank und streichelte mich, bis wir beide im Finstern saßen. Dann rutschte er unter mir weg und machte Licht. Wir blinzelten mit den Augen und streckten uns. Dan zog seine Jacke an.

«Wie ich vermute, musst du noch mal.»

Er vermutete richtig. Wir fuhren nach unten, und Dan schlenderte bis zur nächsten Ecke. Die Straße war ruhig, und die Fenster glänzten im Laternenlicht. Als wir zurückkamen, war mir bedeutend wohler.

Dan zog sich aus und ging ins Bad. Ich hörte die Dusche rauschen und ihn singen, verhalten, aber voller Inbrunst. «Heiiiimat, wann werde ich dich wiedersehn?» Währenddessen suchte ich mir einen Platz zum Schlafen. Ich probierte die Sessel nacheinander, kam zu keiner Entscheidung und prüfte die Couch. Nett, aber etwas hart. Ein Kissen musste her. Ich zog mir eins vom Kopfende in die Mitte und stupste es zurecht. Dann drehte ich mich lange im Kreise, um die günstigste Position zu finden. Gerade als ich mich niederließ, erschien Dan im Bademantel.

«Ah, der Herr haben schon Platz genommen? Bedien dich ruhig. Das Kissen war Muttis bestes. Nein, was wird sie sich freuen, wenn sie das sieht!»

Ich blieb mit ängstlicher Miene liegen.

«Ja, ja. Warum haben wir auch kein Körbchen. Kriegst eins, wenn wir besser dastehen.»

Er packte ein zweites Kissen auf mich drauf und streichelte mich. Dann öffnete er das Fenster, um den Qualm rauszulassen, und ging ins Schlafzimmer. Die Tür blieb offen. Ich hörte die Bettfedern knirschen, bevor das Licht erlosch.

Ich musste sehr schnell eingeschlafen sein, wachte aber plötzlich wieder auf. Das Kissen, mit dem Dan mich zugedeckt hatte, war heruntergefallen. Ich fror.

Ringsum war tiefe Nacht. Es dauerte eine Weile, bis ich die Möbel und die Umrisse des Zimmers erkennen konnte. Ich schüttelte mich und sprang herunter.

Durch das Fenster strich kalte Luft herein. Der Vorhang schaukelte hin und her. Ich fand Dans Sessel und sprang hinauf. Die lederne Sitzfläche war noch kälter als die Couch. Vor allem blieb der Rücken kalt. Ich kehrte zur Couch zurück und rollte mich auf meinem Kissen wie ein Igel zusammen. Eine Weile ging es gut. Dann kam die Kälte wieder und verscheuchte den Schlaf.

Ich setzte mich auf und starrte in die Dunkelheit. An Schlaf war unter diesen Umständen nicht zu denken. Schon immer war ich empfindlich gegen Kälte, besonders nachts.

Ich sprang runter, lief ein bisschen herum, sprang wieder rauf. Nichts zu machen. Es wurde immer kälter. Ich begann zu zittern und war sehr traurig. Nicht einmal eine Decke hatte er für mich.

Eine kleine Weile fror ich noch standhaft vor mich hin. Dann stieg ein Gedanke in mir auf und reifte zum Entschluss. Einmal musste es entschieden werden. Probieren kostet nichts. Mehr als mich rauswerfen konnte er nicht. Das musste er doch einsehen.

Ich verließ die Couch und schlich vorsichtig über den Teppich. Mein Herz klopfte. Vor der Schlafzimmertür verhielt ich und sammelte Mut. Dann tastete ich mich über die Schwelle. Raue Atemzüge klangen vom Bett her. Der hatte es gut!

Ich trat so behutsam auf wie möglich. Keine Katze hätte

mich gehört. Warum eigentlich, wo er doch gleich wach werden würde?

Die Seitenwand des Bettes tauchte vor mir auf. Langsam kroch ich darunter entlang, bis die Schnarchtöne über meinem Kopf erklangen. Ich setzte mich und wartete, ohne Bewegung.

Sollte ich?

Ja. Feigheit war unserer Rasse unwürdig. Ob er wütend wurde? Ach was. Wenn überhaupt eine Chance war, dann heute. Am ersten Tag konnte er mir nicht böse sein.

Gut, dass das Bett so flach war. Ich hätte sonst nicht bis raufgelangt. Ich drückte mich mit den Vorderpfoten ab, und im nächsten Augenblick lagen sie auf der weichen Bettkante. Aufatmend blieb ich auf den Hinterbeinen stehen. Nichts passierte.

Ich streckte den Kopf vor und schnupperte. Ganz stark roch es nach Dan. Gleich darauf stieß meine Nase gegen seinen Unterarm. Ich leckte, stupste ihn an und klopfte mit der Pfote auf das Betttuch.

Eine Weile dauerte es, bis Dan sich regte. Dann konnte man merken, dass er ein Polizist war. Er blieb ganz ruhig, schrak nicht auf und machte keine unnötigen Bewegungen. Sein Kopf drehte sich auf dem Kissen herum, und er atmete tief. Ich spürte förmlich, wie er erwachte.

Er zog seinen Unterarm weg, und gleich darauf strichen seine Finger über mein Fell. Ich begann so heftig zu wedeln, dass mein Schwanz auf den Boden trommelte.

«Na, alter Eisbär», sagte Dan schläfrig, «was willst du denn? Kalt?»

Ich wedelte weiter und wartete. Was hätte ich sonst tun sollen? Dan musste fühlen, wie kalt ich war. Seine Finger schlossen sich. Ich schwebte in der Luft, und gleich darauf lag ich über seiner Brust. Ich fuhr ihm vor Freude mit der Schnauze ins Gesicht.

«Bah», machte er. «Pfui! Was sind das für Geschichten!»

Er drückte mich und rieb mich, dass meine Haut heiß wurde und mein Fell knisterte. Ich rutschte in die Lücke zwischen seinem rechten Arm und seiner Brust, und mein Kopf lag auf seiner Schulter. So blieb ich liegen, bis ich so warm war wie Dan und das Zittern aufhörte.

Ich merkte, dass er noch nicht wieder eingeschlafen war. Ob ich wieder rausmusste? Ich bemühte mich, so zu tun, als ob ich gar nicht vorhanden wäre.

«So», entschied Dan plötzlich. «Hoffe, dass sich der Herr erwärmt hat. Aber so geht's nicht. Runter mit dir ans Fußende!»

Er hob die Bettdecke an. Blitzschnell kroch ich hinunter in die Wärme. Ich streckte mich lang aus und rollte mich an sein Bein heran. Dann atmete ich tief und schloss die Augen.

Gewonnen! Ich war in seinem Bett! Er hatte mich nicht rausgeworfen. Ob ich jetzt immer bei ihm schlafen durfte?

Ich begann zu verstehen, warum die Menschen das Bett so liebten. Wunderbare Erfindung. Zum ersten Mal merkte ich es.

Bei Frau von Quernheim wäre ich niemals dazu gekommen. –

Nur ganz kurz konnte ich mich über mein Glück freuen, so schnell schlief ich ein.

Ich lag noch auf demselben Fleck, als ich erwachte. Auch Dan hatte seine Lage nicht verändert. Nett von ihm, dass er so ruhig schlief und nicht dauernd auf mir herumgetreten hatte. Es verging noch einige Zeit, bis er sich regte. Ich hörte ein herzhaftes Gähnen. Dann streckte er sich, dass das Bett krachte. Das verleitete auch mich dazu; ich drückte das Kreuz durch und stemmte die Pfoten gegen seinen Schenkel. Jetzt schien er erst zu merken, dass ich noch da war.

«Wünsche wohl geruht zu haben! Komm rauf, Bursche!»

Ich kroch nach oben und landete an der alten Stelle, zwischen Brust und Arm. Die Morgensonne staute sich hinter dem Vorhang, und durch das Fenster drang munterer Straßenlärm. Ich gähnte und streckte mich noch einmal. Dan tätschelte meinen Rücken.

«Möchte wissen, wer dir beigebracht hat, nachts in fremde Betten zu steigen.»

Niemand, dachte ich. Reiner Instinkt.

«Werde es deiner vornehmen Zuchtmutti erzählen.»

Dan richtete sich auf und sah nach der Uhr.

«Halb neun. Auf, auf, Kameraden!»

Er schlenkerte die Decke zurück und stieg über mich hinweg. Ich rollte auf den Rücken und blieb liegen. So also schliefen die Menschen. Nicht schlecht. Man fühlte sich ihnen gleich ähnlicher.

Dan ging ins Badezimmer, zog sich an und hantierte anschließend in der Küche. Kaffeeduft quoll durch alle Ritzen.

Wenig später kam er mit einem Tablett herein und rief mich. Ich verließ das Bett mit Bedauern und schlängelte mich ins Wohnzimmer. Das Radio spielte gedämpft heitere Weisen, und zwischendurch sagte ein Herr, dass es jetzt schon wieder später wäre.

Dan löffelte an seinem Ei herum und strich sich ein dickes Butterbrot. Ich setzte mich vor ihn hin und starrte ihn an. Betteln wollte ich nicht direkt. Vielleicht merkte er es auch so. Nach einer Weile erwiderte er meinen Blick.

«Blasius», sagte er mit ernster Miene. «Weißt du nicht, was Frau von Quernheim gesagt hat?»

Ich wusste es wohl. Eine Scheibe Mortadella konnte trotzdem nicht schaden. So fuhr ich fort, ihn anzustarren.

Er strapazierte meine Geduld beträchtlich und tat, als wäre ich nicht vorhanden. Schließlich wurde er doch weich und reichte mir eine Scheibe herunter.

Na also, dachte ich, und fraß. Reine Nervensache.

Während Dan eine Zigarette rauchte, ging ich auf den Balkon hinaus. Die frische Luft vertrieb den Rest von Müdigkeit aus meinen Gliedern. Noch erreichte die Sonne unseren Balkon kaum, aber zu Mittag würde sie ihn voll treffen, und man würde wunderbar in ihrer Wärme ausruhen können.

Dan baute unser Bett und räumte auf. Dann band er sich eine Krawatte um und zog die Jacke an.

«Auf geht's», sagte er.

Ich folgte ihm hinaus auf den Flur und in den Fahrstuhl. Auf der Straße stand unser Vehikel, wie wir es verlassen hatten. Ich warf einen Blick voll Verachtung darauf. Dan machte keine Anstalten einzusteigen. Er ging vorbei, die Straße hinunter, und ich blieb dicht hinter ihm. Nach einiger Zeit wurde der Betrieb lebendiger, und der Lärm vermehrte sich. Dan nahm mich hoch, als wir die Straße überquerten, und ließ mich nicht mehr herunter. Ich sah viele Gesichter vorbeihasten, fröhliche und missmutige, und blickte in gewaltige Schaufenster mit komischem Zeug, das mir unbekannt war. Manchmal lächelte ein Mädchen mich an, und dann grinste Dan, obwohl er gar nicht gemeint war, und das Mädchen hörte auf zu lächeln und sah wieder weg.

Wir blieben vor einem glasglänzenden Laden stehen. Ich sah schwere Lederkoffer und Handtaschen. Aha: das Halsband vom vorletzten Geld!

Der Ledergeruch im Innern des Ladens schlug alle anderen Gerüche zu Boden. Eine strenge schwarze Dame, die aussah, als hätte sie ihre Zukunft schon hinter sich, empfing uns. Sie hielt ihr Gesicht dicht vor meine Nase.

«Ach, bist du ein Süßer! Womit kann ich dem Herrn dienen?»

Der Herr wollte ein Halsband und eine Leine.

«Bitte, dort hinten.»

Dort hinten wartete ein blondes Mädchen auf uns. Dan betrachtete es mit Wohlgefallen, ehe er mich auf den Ladentisch setzte, der uns von ihm trennte. Man schien dergleichen gewohnt zu sein. Dann wiederholte er seine Wünsche.

Das Ledermädchen entschwand und kehrte mit einem Haufen von Halsbändern und Leinen zurück. Unter dummen Witzen zogen sie mir ein Halsband nach dem anderen über den Kopf. Das Mädchen schleppte einen Spiegel herbei, und ich sah mein trübseliges Gesicht und meine großen Ohren im Schmuck der Lederkragen.

Ein paar Verkäuferinnen, die nichts zu tun hatten, sammelten sich um uns, klatschten in die Hände, riefen: «Gott, wie süß!», und gaben gute Ratschläge. Dan stolzierte wie ein Hahn zwischen ihnen herum. Schließlich schwatzten sie ihm ein Ding auf, dessen Anblick mich mit Entsetzen erfüllte: ein weißes Halsband mit einem kleinen viereckigen Ledertäschchen, das für die Steuermarke bestimmt war, dazu eine schlohweiße Leine.

«Italienisch», sagte die Direktrice, die sich jetzt auch noch dazugesellt hatte. «Trägt man jetzt viel!»

‹Man› bin ich, dachte ich wütend. Ihr müsst nicht damit herumlaufen.

Dan war entzückt. Allerdings verzog er das Gesicht, als sie ihm hold lächelnd den Preis von 15 Mark 70 nannten, aber er zahlte. Geschieht ihm recht, dachte ich. Austrocknen soll er.

Auf der Straße warfen die Leute teils bewundernde, teils mitleidige Blicke auf uns. Der Markenbehälter baumelte mir zwischen den Vorderbeinen herum, und wenn ich den Kopf senkte, schleifte er auf dem Pflaster entlang. Ich musste die Nase in die Luft halten und breitbeinig watscheln. Ein wahrer Jammer. Eine Dame kam mit zweien meiner Artgenossen vorbei. Sie hatten dezente grüne Halsbänder. Ich merkte, wie sie kicherten.

Wir gingen nicht heim. Dan zog mich sachte vorbei, als ich zur Tür hineinwollte.

An unser Haus schloss sich ein großes, unbekanntes Grundstück an. Am Ende des Zaunes stand ein kleiner, würfelförmiger Bau mit einem flachen, vierkantigen Dach. Im Näherkommen gewahrte ich ein trauliches Schaufenster und darüber mit großen Buchstaben die Inschrift «Bierklause».

Aha, die Zuflucht der einsamen Männer. Dan drückte die Tür nach innen.

In meine Nase drang der Geruch von verdunstetem Bier, Gulaschsuppe, warmen Würstchen und kaltem Tabakrauch. Ich sah an den Wänden ein paar Bänke mit stabilen Tischen davor, einen Zigarettenautomaten und einen anderen, ähnlichen, mit Zahlen und Knöpfen. Kurz hinter dem Eingang stand ein bunt schillernder Glasschrank mit allerhand merkwürdigen Stangen und Rädern darin.

Dan zog mich zur rechten Seite des Raumes. Hier stand, quer zum Fenster, ein länglicher Tisch, der meinem Herrchen fast bis zur Brust reichte und vorn eine glatte Wand hatte. Oben herum lief eine silberne Stange. Davor standen hohe Stühle mit einem Bein und dicken roten Lederpolstern. Hinter dem Tisch war ein hohes Regal mit vielen, vielen Flaschen und noch mehr Gläsern. Noch nie hatte ich so viele Flaschen auf einem Haufen gesehen. Die Vormittagssonne glitzerte auf ihrem Glas und tauchte den ganzen Raum in ein träges, staubiges Licht.

Zwischen Regal und hohem Tisch, die Arme auf dessen Platte gestützt, lehnte ein Mann. Außer ihm und uns war niemand im Raum. Ich sah nur seinen Oberkörper und seinen Kopf. Er war etwas kleiner als Dan und wohl auch jünger. Aber er hatte einen ähnlichen schwarzen Zigeunerkopf wie mein Herrchen, und als sie sich die Hände schüttelten, lachte er fast so, wie Dan es konnte.

«Grüß dich, Eugen!»

«Grüß dich, Daniel!»

Dan bückte sich und hob mich mitsamt meinem kostspieligen Brustbeutel hoch. Er setzte mich auf einen der roten Stühle und hakte die Leine ab. Ich blickte etwas ängstlich nach unten. Eugen lehnte sich über die Platte und betrachtete mich neugierig.

«Ja, was ist denn das?»

«Das ist mein neuer Untermieter», erklärte Dan. «Darf ich bekannt machen – Blasius von Rohmarken, Langhaardackel – Herr Eugen Schwarz, Bieresel.»

«Das freut mich aber wirklich sehr», sagte Herr Eugen Schwarz, der Bieresel, und nahm meine Pfote in seine Hand. «Hoffe, dass es dir bei uns gefällt, Blasi. Das ist also der Langersehnte. Was trinken wir denn?»

«Wir werden von nun an nichts mehr trinken können», seufzte Dan voller Trauer. «Der Hund hat mich zerrüttet, und das Halsband hat mich ruiniert. Wir wollten nur ...»

Aber Eugen hörte gar nicht mehr hin. Er war schon beim Einschenken. Mit beträchtlicher Geschwindigkeit zauberte er zwei schaumgekrönte Biere her und stellte zwei langstielige Schnäpse daneben. In Dans Augen trat ein verzückter Ausdruck. Dann blickten sich die beiden Männer ernst ins Gesicht. Sie ergriffen die Schnapsgläser und gossen deren Inhalt in sich hinein, ohne eine Miene zu verziehen. Mit gemessenen, exakten Bewegungen setzten sie die leeren Gläser nieder und ergriffen die vollen. Das Bier lief lautlos durch ihre Kehlen, bis der Schaum sich auf den Boden der Gläser gesenkt hatte. Dann setzten sie gleichzeitig ab und strahlten sich an.

«O Eugen», sagte Dan, «es ist, als ob ein Engel auf Samthosen die Kehle runterrutschte. Noch einen, und es wird mir leichter fallen, dich um 20 Mark anzupumpen. Geht das?»

«Sehr schlecht», erwiderte Eugen. «Es gibt nur eine Möglichkeit: Wir müssen so lange saufen, bis ich 20 Mark verdient habe. Die pumpe ich dir. Geht das?»

«Das wird gehen», meinte Dan. «Die beste Idee, von der ich jemals hörte. Außerdem kann ich ausschlafen.»

«Geflogen?»

«Noch nicht. Paar Tage Resturlaub.»

Eugen füllte die Gläser unauffällig. Dann öffnete er den

zweiteiligen Eisschrank, der neben dem Regal in der Ecke stand, und kam mit einer mittelgroßen Bockwurst wieder.

«Komm, wir wollen deine Ankunft nicht allein feiern.»

Ich schnupperte und nahm die Wurst vorsichtig zwischen die Zähne. Ich wollte runterspringen, aber der Stuhl war mir zu hoch. Dan grinste nur dumm, statt mir zu helfen. Da nahm ich die Wurst zwischen die Pfoten und knackte mir ein Stück nach dem andern davon herunter, ohne Rücksicht auf das rote Leder.

«Gelernter Barhocker», lobte Eugen. «Der Apfel fällt nicht weit vom Pferd.»

«Reiner Instinkt», sagte mein Herr.

Nach dieser tiefschürfenden Erkenntnis nahmen die beiden die nächste Runde zu sich. Inzwischen hatte ich meine Wurst verschlungen und leckte mir die Schnauze. Eugen schien wirklich ein guter Mensch zu sein. Er brachte noch eine Schüssel mit Milch an und stellte sie vor mich auf den Bartisch. Gespannt verfolgten sie, wie ich mit den Pfoten auf der silbernen Stange die Milch ausschlabberte, ohne die Schüssel umzuschmeißen. Eugens Gesicht spiegelte Anerkennung.

«Sehr brauchbares Tier. Säuft wie ein Alter. Glückwunsch, Daniel. Ein guter Griff. Wo hast du ihn her?»

Dan erzählte kurz, wie er an mich geraten war.

«120 Mark?», staunte Eugen. «Sind 240 Halbe. Oje!»

«Daher die Pleite», fuhr Dan fort, als er sich den Schaum vom Mund gewischt hatte. «Ich dachte, höchstens 100. Mit den restlichen 20 wäre ich hingekommen.»

«Die Welt ist voll von Leuten, denen immer gerade 20 Mark fehlen», sagte Eugen. «Wo lässt du ihn, wenn du wieder deinem Broterwerb nachgehen musst?»

Dan betrachtete mich sinnend.

«Dachte an Gerda. Sie wollten sich doch auch einen kaufen.»

«Hab davon gehört.» Der emsige Eugen füllte die vierte Runde ein.

«Sie waren im Urlaub. Müssten eigentlich jetzt zurück sein.»

«Morgen geh ich hin. Gerdas gutes Herz wird sich erweichen lassen.»

«Bestimmt. Sie ist eine liebe Seele. Paul hat einen seltenen Fang mit ihr gemacht.»

Jetzt kommt der Schluck auf Gerda, dachte ich.

Er kam.

«Trinken wir auf die Familie Gilbert!»

Nach dieser Handlung kramte Dan das Kleingeld aus der Tasche, das ihm nach dem Kauf meines Halsbandes verblieben war. Er warf eine Münze in den Zigarettenautomaten, eine in den, der so ähnlich aussah, und zwei in den schillernden Glaskasten neben der Tür. Als er seine Zigaretten herausgezogen hatte, drückte er an dem zweiten Kasten einen Hebel herunter und wartete. Hinter der Scheibe liefen summend bunte Zahlen vorbei und blieben mit leisem Schnappen stehen.

«Nichts», sagte Dan, als das Summen verstummt war. «Möchte wissen, wann aus dieser Sparbüchse jemals was rauskommt.»

Er trat zu dem Glasschrank und spielte an einigen Knöpfen. Als er wieder neben mir stand, setzte Musik ein. Dan und Eugen grinsten sich an.

«Dixieland Stomp», sagte Eugen. Ich spitzte die Ohren.

Aus dem Kasten kamen wehmütige, hingehauchte

Trompetentöne, mühelos und glasklar, und andere liefen darüberhin und nebenher. Wie ferne Jahrmarktsmusik, die der Wind herüberweht. So gut passte diese Musik zu dem hellen, faulen Vormittag, dem Bierdunst und den trinkenden Männern, dass ich mich auf meinem Stuhl zusammenrollte und mit geschlossenen Augen lauschte. Die Trompete stieg hoch und fiel ab, eilte voraus und blieb zurück, und plötzlich war mir, als wäre ich ganz woanders, weit weg in einem anderen Land, das ich noch niemals gesehen hatte.

Die Musik hörte auf. Ich hörte den Bierhahn zischen, dann Eugens Stimme:

«Was macht Rita, der Goldfisch?»

«Liebt mich fortwährend. Außerdem kommt sie heute Nachmittag.»

«Wann heiratest du sie?»

«Nach deiner Hochzeit.»

«Meinst du, mich nimmt jemand?»

«Kann es mir schwer vorstellen», sagte Dan.

«Also wird auch aus deinem Glück nichts. Mensch, und das viele Geld! Wir könnten die Bude zu einem fünfstöckigen Hotel umbauen lassen.»

Aus der folgenden Pause schloss ich, dass sie die fünfte Runde eröffneten. Ihre Begeisterung steigerte sich.

«Mit Kellerbar?»

«Und Dachgarten?»

«Und eingebautem Orchester?»

«Und allen Getränken der Welt?»

«Und einem Cadillac, so groß wie 'ne Lokomotive?»

«Und eigenem Ballett?» Sie tranken, es gluckste, und dann atmeten sie tief.

«Tja», sagte Dan ergriffen, «das viele schöne Geld! Das

ist es ja eben, Eugen, mein Freund. Sie ist ein lieber Kerl. Aber sie hat zu viel Geld. Der Mammon hat sie verdorben. Sie kann nicht mehr anders denken als in Brillanten und Biarritz. An eine goldene Kette käme ich. Ich dürfte keine Spitzbuben mehr fangen, müsste bei ihrem Alten in der Fabrik herumlungern und so tun, als verstände ich etwas davon. Beim Gongschlag müsste ich zu Mittag essen und abends die Gäste unterhalten – jeden Abend jemand anders. Einmal im Jahr gäb's Urlaub. Capri, Monte Carlo, St. Moritz und dann wieder Capri. Immer im ersten Haus am Platze und mit 120 Koffern. Weihnachten im Schoße der Familie. Und für Nachwuchs müsste ich sorgen, damit das Geld in der Sippe bleibt und Schwiegermama was zum Spielen hat.»

«Daniel, der Sorgende», sagte der auf seinen Tresen gestützte Eugen.

«Hübsch ist sie», murmelte mein trunksüchtiges Herrchen. «Möchte wissen, was sie an mir findet.»

«Das möchte ich auch wissen. Bei Frauen kennt sich der Teufel aus.»

«Willst du sie nicht nehmen? Wir waschen dich schön, ziehen dir einen Frack an ...»

«Umsonst», sagte Herr Schwarz. «Ich glaube kaum, dass sie mich meinen Tresen in ihrem Salon aufbauen lassen würde. Und dann meine Rosel! Sie ermordet mich, noch bevor ich die Mitgift verschleudert habe.»

Unter diesen Reden goss er noch eine Runde ein. Ich setzte mich aufrecht und blickte vorwurfsvoll auf die beiden.

«Soeben hat dein Dackel Blasius den Trunkenbold in uns erkannt», sagte Eugen.

Allmählich wurde mir die Trinkerei langweilig. Ich duselte ein. Da sprang plötzlich die Tür auf, und herein stürzte ein Mann mit schwarzem Bart. Hinter der Brille hatte er durchdringende, aber gute Augen. Sein Hemd und seine Hose waren mit Farbe beschmiert, und dazu trug er altersschwache Sandalen. Er faltete die Stirn und schaute mit wildem Blick auf Dan, Eugen und mich.

«Habt ihr schon wieder ein Gelage? Was ist das für ein Tier?»

Dan stellte mich vor. Ich erfuhr, dass es sich bei dem wilden Mann um Herrn Otmar Stadler handelte, Maler und Graphiker.

«Ich werde ihn porträtieren», versprach er, «ich werde sein Wesen aus ihm herausholen.»

«Ich werde ein Bier für dich herausholen», sagte Eugen, «obwohl ich weiß, dass du erst morgen bezahlst.»

Otmar richtete seine blitzenden Augen auf ihn.

«Was sagst du da, Schurke?»

«Du hast immer erst morgen bezahlt», antwortete Eugen ungerührt. Dan schlug dem Maler auf die Schulter.

«Tröste dich, Raffael! Mir geht's genauso. Unsere Amme stillt uns aber auf Kredit.»

Die Amme stellte ein Bier und einen Schnaps für den Bärtigen hin. Betreten blickte ich von einem zum anderen. Ein armer und durstiger Haufen zugleich, in den ich da geraten war! Würde wohl doch das Beste sein, wenn Dan Rita, die Reiche, heiratete.

Der Maler goss sein Bier mit großer Geschwindigkeit hinunter. Schaumflocken benetzten seinen Bart.

«Dank dir, du Edler! Übermorgen bezahle ich, bei meinem Barte!»

«Morgen lässt er sich rasieren», spottete Dan.

«Nimmermehr! Bedenkt außerdem: Ich stifte die Getränke für unseren nächsten Skatabend. Seid ihr pünktlich?»

Sie versprachen es. Otmar schüttelte ihnen die Hände und streichelte mich so heftig, dass ich beinahe vom Hocker fiel. Dann stürzte er wieder hinaus.

Dan sah zur Uhr.

«Mein teurer Eugen», sagte er, «der Hunger treibt mich heim.»

«Na, noch eine Runde?», fragte Eugen.

Dan sah mit Abscheu auf den Verführer.

«Zum Teufel fehlen dir nur noch die Hörner. Gut, meinetwegen noch eine.»

Sie tranken auch diese noch. Eugen reichte einen Schein über die Theke.

«Da, du Pleitegeier. Möchte nicht, dass der arme Hund hungers sterben muss.»

Dan dankte ihm ergriffen. Eugen nahm meine Pfote und drückte sie. Dann traten wir in die pralle Mittagssonne hinaus. In einem Laden gegenüber kaufte Dan ein. Anschließend gingen wir heim. Dan war in eine zarte Bierwolke gehüllt.

Bevor wir den Aufzug erreichten, stieß ich auf eine Katze, die auf dem Flur herumlungerte. Ich schoss auf sie los und wollte sie am Kragen fassen, aber sie schmierte mir eine, dass mir die Augen tränten. Donnerkiel, was für ein Untier! Ich war wütend und schimpfte aus vollem Halse. Dan fasste mich und hielt mich hoch über die bucklige, fauchende Hexe.

«Lass dich nicht mit Weibern ein, Blasi», sagte er. «Sie gehört der Hausmeisterin. Von der hat sie's.»

Noch im Aufzug bellte ich wütend vor mich hin.

Wir aßen zu Mittag und legten uns nieder. Aus dem Schlafzimmer klang bald Dans Schnarchen. Der Straßenlärm verschwamm mehr und mehr vor meinen Ohren.

Ich erwachte, weil jemand mein Kissen unter mir wegzog. Ich rollte auf den Rücken und sah Dans Gesicht vor mir, lachend und frisch gewaschen.

«Auf, Faultier! Wir kriegen Besuch!»

Ich gähnte herzzerreißend. Besuch. Kein Grund, mich aus dem besten Schlaf zu reißen.

Aber Dan musste etwas daran liegen. Er fegte in der Wohnung herum, verteilte den Staub mit einem winzigen Lappen und rückte sämtliche Gegenstände hin und her. Ich sah neugierig zu, wie er die polierten Gläser gegen das Licht hielt und die Blumen ein Dutzend Mal umordnete. Dann band er sorgfältig seinen Schlips und zog die Jacke an. Er hauchte ein paarmal in die hohle Hand, verzog das Gesicht und aß Pfefferminzbonbons. Jede Minute sah er zur Uhr.

Eine Weile passierte nichts, und ich war gerade dabei, wieder hinüberzuschlummern, als es klingelte. Energisch und lange. Dan sprang mit einem Satz aus dem Sessel. Ich folgte ihm. Wir kamen zur gleichen Zeit an der Korridortür an. Ich schnupperte an der Ritze und nahm zum ersten Mal den Geruch wahr, der später so wichtig werden sollte. Eine süße Wolke, wie der Duft überreifer Sumpfblüten, eine Spur zu weich, um zu erfrischen, und eine Spur zu schwer, um nicht lästig zu sein. Ein Duft, der sich aufdrängte und einen nichts anderes riechen ließ.

Dan riss die Tür so heftig auf, dass sie mir fast an den Kopf knallte. Draußen stand ein Mädchen, nein, eine

Dame, nein, mehr eine Erscheinung. Es war etwas Überirdisches an ihr, aber es hatte viel Arbeit gemacht, wie ich später erkannte.

Sie war elegant wie ein Mannequin gekleidet. Lang und schlank steckte sie in einem eng anliegenden Kostüm und trug einen Hut mit einem Propeller wie ein Hubschrauber. Als sie über die Schwelle trat, verstärkte sich der süßliche Geruch.

«Tag, Rita», rief Dan. «Siehst ja wieder aus wie ein Filmstar!»

Sie lächelte schwach. Dan nahm ihren Schirm. Sie setzte den Hubschrauberhut ab, sah beträchtliche Zeit in den Spiegel und stöckelte ins Zimmer. Ich wunderte mich, wie man mit solchen Schuhen gehen konnte, aber sie konnte es.

Dan rückte ihr einen Sessel zurecht. Ich blieb in einiger Entfernung auf dem Teppich sitzen und starrte sie an.

Schön war sie schon. Sattes Blond und Sternaugen. Aber der Glanz, der von ihnen ausging, war ein wenig zu kalt. Außerdem war sie mir zu mager. Als sie mich musterte, hatte ich die Empfindung, sachlich und teilnahmslos als vorhanden registriert zu werden. Nichts zog mich zu ihr hin, ich blieb auf meinem Fleck sitzen.

Dan jonglierte inzwischen mit der Flasche. Er gab Rita Feuer. Sie tat einen Zug, blies den Rauch über den Tisch und fragte: «Dein neuer Freund?»

«Ja», erwiderte Dan fröhlich. «Komm her, Blasi.»

Ich sprang auf seine Bügelfalten und setzte mich so, dass ich Rita genau im Auge hatte.

«Seit wann schwärmst du für Hunde?»

«Immer schon. Hat einen ungeheuren Vorteil. Er schweigt.»

Ihre Brauen hoben sich ein wenig.

«Ist das alles?»

«O nein. Weißt du – ein guter Hund ist so, wie ein Gentleman sein sollte. Er sucht sich seine Freunde selber und behält sie. Er hat seinen eigenen Willen und tut nichts, nur um zu gefallen. Er bleibt bei dir, auch wenn es dir dreckig geht. Wenn du ihn um Verzeihung bittest, trägt er dir nichts nach, und wenn er spürt, dass du keinen Wert auf seine Gegenwart legst, geht er dir aus dem Weg. Er ist immer einfach und klar und kennt keine Falschheit. Er verstellt sich nicht, gibt nicht an und jammert nicht über jeden Dreck. Ich wünschte, alle Leute wären so.»

Dan hatte sich in Begeisterung geredet. Ich freute mich.

Rita nippte an ihrem Glas und sagte spöttisch:

«Bist du ein Gentleman, Dan?»

«Ich weiß nicht», sagte er. «Weißt du es?»

«Ein Kind bist du. Aber ein nettes.»

«Schönen Dank. Möchtest du ihn mal?»

«Nein, bitte – nicht auf meinen Rock! Um die Haare wieder abzukriegen, kann ich mich zu Tode bürsten.»

Na, ich legte auch keinen Wert darauf. Ihr Parfüm war zu stark und ihr Gesicht zu kühl. Kein Frauchen für mich. Wenn Dan die heiratete, hätte ich nichts zu lachen. Heute früh hatte er noch so getan, als käme das überhaupt nicht in Frage. Jetzt, da sie ihm gegenübersaß, sah er weniger sicher aus.

«Tust du zurzeit nichts?», fragte sie.

«Nein. Resturlaub vom vorigen Jahr. Verfällt sonst wie eine Kinokarte.»

«So. Und was machst du mit dem diesjährigen?»

Ich spürte, wie Dan die Schultern hob.

«Weiß noch nicht. Irgendwo in die Gegend. Muss auf meinen Wagen Rücksicht nehmen. Viel kann man ihm nicht zumuten.»

«Hör zu», sagte sie. «Nächste Woche kriege ich den neuen Wagen. Mein Urlaubsziel kann ich mir aussuchen. Die Eltern fahren aufs Gut ins Allgäu. Ich habe mir Frankreich und Spanien vorgenommen.»

«Caramba», rief Dan.

Sie beugte sich etwas vor.

«Hättest du Lust mitzufahren? Ich kann mich nach deinem Urlaub richten.»

Dans Hände strichen an mir herum. Er war aufgeregt. Und nicht abgeneigt. Er trank einen Schluck, bevor er antwortete.

«Das wäre nicht schlecht», sagte er langsam. «Wirklich, nicht schlecht. Und du hast keinen Besseren zum Mitnehmen?»

In ihrem Gesicht mischten sich Zuneigung und leiser Vorwurf.

«Das weißt du doch!»

«Das ist wirklich prima von dir», sagte Dan. «Aber was sagen deine Eltern, wenn wir vier Wochen lang zu zweit allein durch die Gegend fahren?»

«Sie kennen dich doch. Außerdem tue ich, was ich will.»

Natürlich, dachte ich. Anschließende Verlobung unausbleiblich. O Daniel, lass dich nicht einfangen!

«Ich weiß», sagte Herrchen. «Vollkommen zwecklos, dich von irgendetwas abbringen zu wollen.»

Er hob meine Ohren an wie zwei Tragflächen. «Würdest du diesen Herrn auch mit auf unsere Reise nehmen?»

Eine Spur von Abwehr huschte über ihr Make-up.

«Bin ich nicht genug?»

«Ein Mädchen und ein Hund sind zwei verschiedene Dinge», sagte Dan etwas härter als vorher.

Sie begriff den Fehler sofort und lächelte.

«Natürlich, Dan. Aber sieh ... wir gehen aus ... werden eingeladen ... machen vielleicht eine Seereise ... Wo soll er denn bleiben? Es muss doch immer jemand auf ihn aufpassen ...»

Dan streichelte mich und antwortete nicht. Sie legte ihre Hand auf die seine.

«Lass nur. Wir finden schon einen Weg. Wenn du unbedingt willst, nehmen wir ihn mit.»

Mir krampfte sich das Herz zusammen.

Eine Sommerreise zu zweit. Hochzeitsreise vor der Hochzeit. Sie würde ihn kapern wie einen alten Handelsdampfer. Und mich nicht mitnehmen! Nicht genug damit, dass sie mein Frauchen werden sollte – ich müsste auch noch warten, bis die Herrschaften von ihrem Urlaub zurückkehrten, und mich inzwischen mit fremden Leuten herumärgern. Wenn er schon auf die Reise hereinfiel, dann schaffte sie es auch noch, mich davon auszuschließen.

«Du sollst sehen, es wird wunderbar», flötete sie weiter. «In ein paar Tagen kommst du mal zum Essen zu uns, dann besprechen wir alles ...»

Mir schwante Fürchterliches.

Dan schenkte noch einmal ein. Er sagte nichts mehr, aber er rang mit sich. Dann legte er eine Platte auf. Als die Musik einsetzte, zog er Rita aus ihrem Stuhl und tanzte mit ihr. Ich war heruntergesprungen und beobachtete sie. Sahen gut zusammen aus, das musste man ihnen lassen. Ritas blonder Scheitel reichte gerade bis zu Dans Nase. Ich merkte, wie er ihr Parfüm in sich hineinsog. Ein paarmal tanzten sie dicht an meinem Platz vorüber. Am liebsten hätte ich in Ritas nahtlose Nylons gebissen – wenn ich mich getraut hätte ...

Die Musik setzte aus. Sie blieben einen Augenblick stehen und sahen sich an. Dann zog Dan sie an sich und küsste sie ziemlich lange. Ich konnte schon nicht mehr hinsehen. Rita schloss die Augen und schmiegte sich an Dan. So. Jetzt würde auch er drei Wochen nach diesem Parfüm riechen!

Von nun ab tanzten sie öfter und küssten sich häufiger. Dan vernachlässigte mich. So sind Männer. Über ein paar Küssen vergessen sie ihre Freunde.

Als es dämmerte, hatten sie die Flasche fast geleert. Rita hatte einen kleinen Schwips. Nach einem wilden Gedudel, bei dem sie ziemlich herumgehopst waren, fielen sie auf die Couch nieder. Dan wühlte in ihrem Haar herum und küsste sie wild.

«O Dan», flüsterte sie, als sie den Mund frei hatte, «du Lieber! Nun muss ich aber gehen!»

«Warum?», fragte er.

«Weil ich sonst kein anständiges Mädchen bleibe.»

«Ist das so wichtig?», fragte mein Herrchen kühn.

Sie antwortete nicht direkt, sie streichelte sein Haar. «Die Eltern erwarten mich zum Essen», sagte sie. «Aber wir haben ja noch so viel Zeit. Alles kann schön werden, wenn du willst.»

Beide sahen etwas zerwühlt aus. Rita brauchte eine Viertelstunde vor dem Spiegel, um alten Glanz neu aufzufrischen.

«Ich bring dich runter», sagte Dan.

Er rief mich, und wir fuhren im Aufzug abwärts. Rita

ging zu einem gewichtigen Auto. Sie verabschiedete sich so zärtlich von Dan, dass die Leute sich umdrehten; mich streichelte sie kurz, aber huldvoll. Dann rauschte sie ab.

Oben roch es wie in einer Parfümerie. Dan pfiff vor sich hin, als er aufräumte.

Sie hatte ihn schwer angeschlagen, das merkte ich. In ein paar Tagen kam das Familienessen. Und dann? Dann würde er die Reise perfekt machen, und schon war's um ihn geschehen.

Was konnte man nur tun? Wenn irgendjemand ihm zugeredet hätte – aber ich, ein Dackel von zwölf Pfund, was sollte ich machen?

Von schweren Gedanken bewegt, ging ich zu Bett.

AM NÄCHSTEN TAG machten wir uns gleich nach dem Frühstück auf. Dan hakte mich an die Leine. Die ganze Bude roch immer noch nach Rita, die Erinnerung an sie brachte mir Herzklopfen. An Eugens Kneipe waren die Rollläden noch heruntergelassen. Wir gingen um ein paar Ecken und kamen in eine ruhige, schmale Straße. An einem freundlichen Haus klingelte Dan.

An der Wohnungstür schnupperte ich wie immer an der unteren Ritze herum. Plötzlich wurde mir schwindelig. Ein Geruch war das, so vertraut, so heimatlich, so schön, dass ich am liebsten unter der Tür durchgekrochen wäre. Gleichzeitig vernahm ich ein leises Trippeln, wie es nur Hundepfoten auf Linoleum hervorbringen. Ich spürte, dass auf der anderen Seite der Ritze auch einer herumschnupperte. Die Tür öffnete sich: Ich stand vor meinem Bruder Ralf! Die nächsten Minuten verliefen äußerst turbulent. Wir kugelten im Korridor herum, sprangen mit allen vieren zugleich in die Luft und stießen schrille Freudenschreie aus. Es war ein Höllenlärm. Aus einer Tür kamen zwei Kinder heraus, und jemand schrie: «Was ist denn das für ein Krach, zum Teufel?»

Dan erwischte mich und hob mich hoch. Ralf sprang wie ein Irrer an ihm empor und versuchte, mich an den Ohren zu ziehen. Endlich beruhigte auch er sich.

Vor uns stand eine kleine niedliche Frau. Wie ein Porzellanpüppchen. Sie war es, die damals Ralf abgeholt hatte.

«Sieh, Mutti, genau wie unserer!», riefen nun ihre Kinder.

Jetzt erst kam Dan dazu, sie zu begrüßen. Anschließend traten wir in das Zimmer, aus dem die zornige Stimme gekommen war. Auch den Mann am Schreibtisch erkannte ich wieder. Das also war Paul Gilbert. Er war genauso klein wie seine Frau. Sein Kopf war das Größte an ihm; aber in seinem zerfurchten und faltigen Gesicht hatte er so kluge und gute Augen, dass mir warm ums Herz wurde.

«Tag, Daniel», sagte er und deutete auf mich, «Quernheim?»

«Ja. Der Letzte seines Stammes.»

Im Laufe des Gesprächs erfuhr ich, dass Ralf dieselben Unarten hatte wie ich. War auch kein Wunder.

«Wenn das so ist, seid ihr ja Kummer gewohnt», meinte Dan. «Ich wollte euch nämlich bitten, ihn tagsüber zu euch zu nehmen. Wenn ich ihn allein lasse, frisst er mir die Tapeten von den Wänden.»

«Gern», sagte Gerda. «Einer von uns ist ja immer zu Hause. Außerdem können sie im Garten herumtoben.»

«Ja», fügte Paul hinzu, «zu zweit werden sie auch mit dem Ausgraben der Tulpen schneller fertig.»

«Ihr nehmt eine schwere Sorge von meinem Herzen», sagte Dan. «Werde mich ununterbrochen erkenntlich zeigen.»

Paul und Gerda sahen sich an.

«Du kannst gleich damit anfangen», meinte Paul. «Wir müssen nachher mit den Kindern in die Stadt. Ausverkauf. Für Ralf ist das Gedränge nichts. Würdest du ihn mitnehmen?»

Selbstverständlich wollte Dan.

«Gut. Kannst ihn ja heute Abend mit zu Otmar nehmen?»

«Und er kann dich von dort nach Hause bringen», sagte Gerda. «Wird wahrscheinlich nötig sein.»

Paul würdigte sein Weib keines Blickes. Ich schloss aus dem Einwurf, hier auf einen weiteren Trunkenbold aus Dans Kreisen gestoßen zu sein.

Und ich freute mich. Ralf ganz in meiner Nähe! Wie gut hatte er es hier. Nur die Kinder waren sicher ein wenig anstrengend. Kinder sind immer anstrengend. Sie sind unberechenbar und machen hastige Bewegungen. Aber er würde sich schon daran gewöhnen. Und ein Garten zum Graben! War das eine Wonne!

Gerda bestaunte das Täschchen an meinem Hals.

«Hast du denn auch seine Adresse drin?», fragte sie.

Dan schüttelte den Kopf. «Adresse? Wieso?»

«Na, das ist doch der Sinn der Sache. Wenn er mal verlorengeht. Und zwanzig Pfennig zum Telefonieren.»

«Recht hast du.»

Dan schrieb etwas auf eine Visitenkarte und schob sie mit zwei Groschen in meine Brusttasche. Ich fühlte mich gleich sicherer.

Nach einer Weile verabschiedeten wir uns. Dan hatte jeden von uns an einer Leine und schimpfte, wenn wir nach verschiedenen Richtungen zogen.

Meinem Bruder Ralf blieb das Gebell im Halse stecken, als er den Lift in unserem Haus sah. Erschrocken zog er den Schwanz ein, während der Aufzug nach oben schoss. In der Wohnung suchte Dan nach Zigaretten und fand keine. Er zog seine Jacke wieder an, drehte sich an der Tür noch einmal um und warnte uns: «Macht keinen Unsinn, ihr Böcke!»

Dann verklangen seine Schritte auf dem Flur. Ralf und ich tranken Wasser in der Küche und schnüffelten am Eisschrank herum. Leider bekamen wir ihn nicht auf. Dan ließ lange auf sich warten. Ich zeigte Ralf unsere Wohnung. Wir hopsten auf die Couch, auf alle Stühle und auf das Bett. Schließlich hatten wir jeden Winkel besichtigt und jede Ritze berochen, und Dan war immer noch nicht da. Ich ahnte schon, woran es lag. Er hatte bei Eugen Zigaretten geholt, und nun lehnten sie über der Theke und tranken Bier. Das nannte er nun «sich um uns kümmern».

Heute weiß ich nicht mehr, wie es losging. Wir wussten vor Langeweile nicht mehr, was wir tun sollten, und fingen an, uns zu balgen und im Zimmer herumzurasen. Ich verfolgte Ralf auf die Couch, er sprang auf das Fensterbrett und warf dabei die Vase mit Ritas Nelken herunter.

Der Anblick des zerbrochenen Porzellans nahm uns die letzten Hemmungen. Wir schossen durch die Wohnung wie zwei Iltisse im Hühnerstall. Die Vorhänge gerieten ins

Flattern, und die Kissen fielen von der Couch herunter. Ralf packte eins davon und schlenkerte es wild hin und her. Ich fasste den anderen Zipfel, und dann zerrten wir unsere Beute knurrend und fauchend über den Teppich. Es kam, was kommen musste. Der Bezug zerriss kreischend, und eine Wolke von Federn hüllte uns ein.

Das raubte uns den letzten Verstand. Wir zerfledderten das Inlett in tausend Fetzen. Die Federn wirbelten in der Gegend herum. Wir sprangen in die Luft, schnappten danach und jagten sie durch alle Winkel. Im Handumdrehen war der Fußboden davon übersät. Der Kampf beschäftigte uns so sehr, dass wir Dans Eintritt nicht bemerkten. Mit einem Mal stand er in der Tür, hatte beide Arme in die Hüften gestemmt und brüllte: «Seid ihr denn von allen guten Geistern verlassen, ihr Mistviecher?»

Wir hielten inne und blieben wie angewurzelt sitzen. Das zerrissene Kissen lag vor Dans Füßen. Die Federn senkten sich wie zarte Schneeflocken auf uns nieder. Es war, als säßen wir im verschneiten Winterwald. Ralf hatte eine große Feder auf der Nase und sah unglaublich komisch aus.

Dan starrte mit wütenden Blicken auf die Federn und auf uns. Jetzt wird es die erste Dresche geben, dachte ich. Es war das gute Kissen von seiner Mutter.

Aber dann veränderte sich Dans Gesicht. Die Falten um die Augen vertieften sich. Er fing an zu lachen. Erst glucksend, dann lauter und lauter. Er ging zu einem Sessel, wischte die Federn vom Sitz, ließ sich hineinfallen und lachte schallend. Wir sahen uns an. Er konnte sich nicht beruhigen, schlug sich auf die Schenkel, und seine Augen füllten sich mit Tränen.

Das hatten wir nicht erwartet. Wir waren auf Schimpfworte und Hiebe gefasst gewesen, und nun setzte er sich hin und lachte!

Ich wurde wütend. Ralf schien dasselbe zu empfinden. Wir fingen gleichzeitig an zu bellen. Der Lärm verstärkte sich. Zuletzt schrie Dan vor Lachen, und wir saßen vor ihm und schimpften aus vollem Halse, als hätte er das Kissen vernichtet und wir ihn dabei erwischt.

Schließlich fiel er zurück und japste. Auch uns ging die Luft aus. In der nun folgenden Stille hörten wir, wie unten gegen die Decke gebumst wurde. Dan kümmerte sich nicht darum. Er fasste uns an den Ohren.

«Habt ihr ein bisschen gespielt, ihr Guten? War's euch zu langweilig? Ach, und die vielen feinen Federn!»

Er lachte noch einmal zwei Minuten lang. Dann war endgültig Ruhe.

Wir sahen zu, wie er die Federn und Scherben zusammenkehrte. Die Blumen kamen in eine andere Vase und das Kissen in den Mülleimer. Dann briet Dan in der Küche das Mittagessen, und wir aßen mit bestem Appetit.

Nach alledem waren wir rechtschaffen müde. Ralf und ich krochen auf die Couch zu den restlichen Kissen. Dan legte sich auf sein Bett. Ich hatte einen leisen Biergeruch an ihm bemerkt und pries im stillen Eugen, den Bieresel. Wer weiß, ob Dan ohne ein paar Halbe so gute Laune gehabt hätte?

Um halb acht machten wir uns auf den Weg zum Skat. Dan holte Eugen, der an diesem Abend keinen Dienst hatte, aus der Kneipe ab. Sie nahmen zwei Kästen Bier mit, luden sie in Dans Auto und stiegen ein. Ralf und ich saßen auf Eugens Schoß.

«Während des Frühschoppens haben sie mir ein Kissen aufgefressen», erzählte Dan.

«Daran musst du dich gewöhnen. Übrigens – heute ist Johnny wieder da.»

«Ich weiß.»

Langsam fuhren wir unter dem bläulichen Licht der Bogenlampen dahin. Die Luft war warm und mild, und die Flaschen klirrten leise. Diesmal vertrug ich die Fahrerei schon besser. Auch Ralf war nichts anzumerken.

Wir hielten vor einem leicht verwahrlosten Haus. Auf das Klingeln kam Otmar herunter. Er sah genauso aus wie am Morgen im Lokal und musterte uns mit dem gleichen genialen Blick.

Ein Aufzug war nicht da. Wir rannten voran, vier Treppen hoch, und hinter uns schleppten sie die Bierkästen.

Otmar wohnte unter dem Dach in einem Atelier, wie es sich für einen Künstler gehörte. Durch das breite Glasfenster konnte man die Lichter der Stadt sehen. Überall roch es nach Firnis und Farbe, und an den Wänden hingen seine unverkauften Werke. Verschiedentlich trat ich auf Pinsel und leere Farbtuben.

In der Mitte des Raumes stand ein nackter Tisch, umgeben von verschiedenartigen Stühlen und zwei Holzkisten. Otmar war etwas schwach möbliert.

Dan und Otmar stellten einen Kasten Bier in die Badewanne und den anderen neben den Tisch. Otmar riss mit gewaltigem Ruck eine Schnapsflasche auf. Unter einem Stapel von Zeichenpapier holte er Gläser hervor. Sie kippten einen hinunter. Als Otmar in den Kasten griff, um die Bierflaschen zu verteilen, klingelte es. «Paul», sagte er und rannte mit seinen klappernden Latschen hinaus.

Bald darauf erschien Paul mit zerknittertem Gesicht in der Runde. Ralf rannte auf ihn zu und umtanzte ihn fröhlich. Paul bekam einen Schnaps, und die anderen tranken der Einfachheit halber noch einen mit. Dann knallten die Verschlüsse der Bierflaschen wie Flinten auf einer Treibjagd.

Ralf und ich drückten uns hinaus und inspizierten die Wohnung. Sie war größer, als ich vermutet hatte, und wunderbar verbaut. Überall herrschte eine grandiose Unordnung. In einem stockdunklen Raum stieß ich einen Bilderrahmen um. Er fiel mit Donnergepolter zu Boden. Otmar stürzte herein, machte Licht und maß uns mit fürchterlichen Blicken.

«Was treibt ihr da, ihr Unholde? Augenblicklich hinaus mit euch!»

Wir kehrten ins Atelier zurück. Die Schnapsflasche war schon zur Hälfte geleert. Als Otmar eine neue Runde ausschenkte, klingelte es abermals. Anklagend hob er die Augen zur Decke.

Er kam mit einem jungen Mann herein, der überaus elegant gekleidet war und die Anwesenden mit lärmender Freude begrüßte.

Er war der letzte der Skatbrüder, Johnny Wieland. Er studierte Jura, allerdings schon ziemlich lange. Er hatte die Gebärden eines erfolgreichen Schauspielers und redete ununterbrochen. Ralf und mich neckte er und zog uns an den Schwänzen durch die Bude.

Sie fingen an, Skat zu spielen. Der Tisch zitterte unter den hingeschmetterten Trümpfen, der Qualm wurde immer dicker. Sie brachen in Geheul aus, wenn ein aufregender Stich gekommen war. Nach jedem zweiten Spiel beschimpfte einer den anderen, fragte, wie es möglich wäre, dass jemand sich so blöd anstelle, und nannte ihn ein saudummes Rindviech. Der zweite Bierkasten musste herbei. Otmar öffnete eine weitere Schnapsflasche.

Bis dahin wusste ich noch nichts vom Alkohol. Heute weiß ich es, und ich habe mir geschworen, nie wieder einen Tropfen zu trinken.

Ralf und ich saßen neben Johnny Wieland. Er hatte seine Aktentasche neben sich. Als er gerade nicht spielte, holte er eine bunte Pappschachtel heraus. Niemand achtete auf ihn. Er hielt uns längliche Schokoladebohnen hin. Wir schnupperten und nahmen sie vorsichtig zwischen die Zähne. Als ich hineinbiss, spürte ich unter der Schokolade eine knusprige Zuckerkruste. Dann lief mir ein sonderbarer Saft über die Zunge, süß und brennend zugleich, und ich musste niesen. Ich ließ das Ding fallen, leckte aber dann doch wieder daran. Ralf machte es genauso. Nicht übel. Man musste sich nur daran gewöhnen.

Johnny grinste und gab uns noch eins. Diesmal brachte ich es schon schneller hinunter, bekam allerdings wässrige Augen dabei. Wirklich nett von Johnny. Der Einzige, der inmitten der Spielerei an uns dachte.

Er reichte uns noch eine dritte Bohne herab. Mir war, als hätte ich nie etwas Schöneres gegessen. Als er danach keine Anstalten traf, uns weiter zu versorgen, sprangen wir an seinem Stuhl hoch und klopften ihm mit den Pfoten auf die Knie. Darauf gab er uns mit listiger Miene noch zwei Stück. Dann war Schluss, weil er wieder eine Runde mitspielen musste.

Inzwischen ging eine merkwürdige Veränderung mit mir vor. Plötzlich fand ich die entfesselten Spieler am Tisch weniger komisch, hörte den Lärm weniger laut, roch den Tabakrauch weniger deutlich. Ein starkes Gefühl der Lebensfreude überkam mich. Ich vergaß die Sorgen, die Rita mir bereitet hatte. Dazu fühlte ich mich leicht wie eine Maus und imstande, den Tisch mit meinen Pfoten umzukippen.

Ralf saß dicht bei mir, aber ich sah ihn wie durch einen Schleier. Er grinste dumm und wackelte mit dem Kopf. Dann sprang er wieder an Johnnys Knie hoch, aber er konnte nicht aufrecht stehen bleiben und rutschte seitlich ab. Was hatte er nur?

Die Runde ging unter Höllengelächter zu Ende. Johnny teilte die Karten aus. Danach beugte er sich hinunter: «Wie geht's euch denn, ihr Süßen?», fragte er.

Wir bettelten, und er kramte seine Schachtel wieder raus. Sechs Pralinen waren noch darin. Wir fraßen sie mit fabelhafter Geschwindigkeit.

Johnny warf die leere Schachtel hinunter. Ralf und ich fuhren mit den Schnauzen hinein. Wir kamen uns in die Quere. Ralf sprang mich an, und ich kugelte hintenüber. Wütend rappelte ich mich hoch und nahm Anlauf, aber ich konnte nicht richtig geradeaus laufen, verfehlte Ralf und warf Pauls Bierflasche um. Ralf schoss hinter mir her, und dann rollten wir unter den Tisch und stießen an Schuhe und Beine.

«Was ist denn mit den Viechern los?», fragte Paul. «Sind die auch schon besoffen?»

Sie wollten nach uns greifen, aber wir liefen davon und rauften uns weiter. Plötzlich ließ Ralf von mir ab, fing an, sich im Kreise herumzudrehen, und schnappte nach seinem Schwanz. Mir wurde vom Zusehen so schwindlig, dass ich mich hinlegen musste. Ich rollte auf den Rücken und versuchte vergeblich, wieder aufzustehen. Am Tisch wurden die Karten niedergelegt. Alle starrten erstaunt auf den närrischen Ralf und mich.

«Wir haben gesoffen, und die sind blau», sagte Dan.

«Nun sieh sich einer das an», rief Johnny mit geheuchelter Entrüstung, «meine Cognacbohnen haben sie aufgefressen! Da hört doch wirklich alles auf!»

Er zeigte die leere Schachtel vor, und die allgemeine Entrüstung war die Folge. Uns konnte nichts mehr erschüttern. Wir wankten im Zimmer umher und hörten aus weiter Ferne, wie die Stimmen in schallendes Lachen übergingen.

«Prost!», schrie Johnny. «Ich trinke auf zwei neue Säufer in unserer Runde! Sie leben hoch, hoch, hoch!»

Man schwenkte die Gläser gegen uns. Dan kam zu mir und hob mich hoch.

«Natürlich», sagte er. «Besoffen wie ein Kosak! Ein Säufer in meinem Hause! Morgen bringe ich ihn zurück und hole mir mein Geld wieder!»

Da hätte man dich schon längst zurückbringen müssen, dachte ich matt.

Genau kann ich nicht sagen, wie das Fest endete. Es wurde immer lauter und immer wilder. Ich wollte hinaus, fand die Tür nicht mehr, kämpfte mit einer Flasche und wurde mit Bier begossen. Ralf hatte die Karten beim Wickel und zerlegte sie in schmale Streifen. Zuletzt nahm ich noch undeutlich wahr, wie Otmar plötzlich versuchte, sein Bild fertig zu malen, dabei mit der Staffelei zu Boden ging und die Arme durch die Leinwand bohrte. Dann verschwamm mir alles vor den Augen. Gesichter, Lampen, Flaschen, Bilder, alles drehte sich schneller und schneller. Ein rasender Wirbel um mich her. Auf einmal war ich nicht mehr vorhanden.

Als ich erwachte, meinte ich, ich sei schon tot. Ich öffnete die Augen, erkannte die Umrisse unseres Zimmers und bedauerte im nächsten Moment, nicht gestorben zu sein. Ich lag, mit einem Handtuch unter mir, auf meinem Sessel. Mein Kopf erschien mir groß wie ein Waschtrog, und er schmerzte, als wäre ich gegen einen Omnibus gelaufen. Auf der Zunge hatte ich einen faden, fürchterlichen Geschmack, und mein Fell roch wie Eugens Kneipe. Gleichzeitig peinigte mich entsetzlicher Durst.

Ich versuchte aufzustehen, aber mein Schädel fing so an zu brummen, dass ich es aufgab. Eine Weile kämpften Durst und Kopfschmerzen in mir. Dann siegte der Durst. Ich sprang vom Sessel. Die Erschütterung verursachte solche Schmerzen, dass ich fast zusammenbrach. Ich schlich zur Küche und fand meinen Napf: leer.

Niemandem kann ich die Höllenqualen schildern, die

jetzt folgten. Seitdem weiß ich, was Durst ist. Oben klickerten die Wassertropfen in den Ausguss, und unten stand ich und konnte nicht leben und nicht sterben.

Johnny, dieser Schurke! Erst fütterte er uns mit Schnapspralinen, und dann behauptete er, wir hätten sie gestohlen! Ich musste an Ralf denken und bedauerte ihn zutiefst.

Gebrochen taumelte ich ins Zimmer zurück. Nebenan schnarchte Dan. Ich fror und ging hinüber zum Bett. Er hatte den Kopf in das Kissen gebohrt, und sein zerwühltes Haar hing ihm über die Ohren.

Ich sprang am Fußende hoch und kroch unter die Decke. Wärmer wurde mir, aber der Durst verging nicht. Ich dämmerte ein und träumte von einem ungeheuren Eimer Wasser. Ich trank und trank. Das Wasser nahm kein Ende, und ich konnte nicht aufhören zu trinken. Dann erwachte ich wieder, und fort waren Eimer und Wasser. Nur der Durst war noch da.

Es verging eine endlose Ewigkeit, bis Dan sich regte.

Er schnaufte, brummte irgendetwas und stieß mit dem Fuß an mich. Mühsam kroch ich nach oben.

Dan war bleich und hatte kleine Triefaugen. Er roch genau wie ich.

«Na, du Saufsack», sagte er mit heiserer Stimme, «wie geht's?»

Miserabel, dachte ich.

«Scheußlicher Brand», murmelte er.

Er schlug die Decke zurück und stakte hinaus. Ich folgte ihm in die Küche und klapperte mit meinem Napf.

Dan trank einen großen Aluminiumtopf aus, und ich leerte meinen Napf dreimal. Mir wurde etwas besser. Wir gingen zurück ins Bett und schliefen sofort wieder ein.

Beim nächsten Erwachen war das Schlafzimmer von Sonnenlicht erfüllt. Meine Kopfschmerzen hatten sich gebessert. Dan nahm mich in seinen Arm. «Siehst du, altes Krummbein, so ist ein Kater. Schlimmer als ein lebendiger. Die Trunksucht hat schon ganze Provinzen entvölkert. Merk es dir und friss keine Cognacbohnen mehr!» Ich schwor es im Stillen.

Es dauerte ziemlich lange, bis Dan mit dem Frühstück fertig war. Ich hatte keinen Appetit.

«Du musst runter», sagte er, als er fertig war. «Und ich brauche ein Bier. Auf geht's!»

Eugen hing über der Theke und sah genauso verschwiemelt aus wie Dan. Er betrachtete mich schadenfroh. Dann griff er hinter sich und hielt mir eine Cognacbohne unter die Nase. Ich wich einen Meter zurück und schüttelte mich.

«Sieh an», sagte er, «der Blaukreuzler! Der Guttempler! Er trinkt nichts mehr. Mein Gott, hab ich über die Viecher gelacht. Einen Mordsrausch hatten die beiden!»

Während Dan und Eugen ihren Brand mit Bier löschten, setzte ich mich auf einen sonnigen Fleck und ließ mir das Fell wärmen.

Normalerweise hätte ich es so ausgehalten. Heute wurde mir der Bierdunst unerträglich, und ich schlich verstohlen zur Tür hinaus.

Draußen holte ich tief Luft und sah mich um. Die Straße war friedlich und still. Unser Vehikel war nicht da. Vermutlich hatten sie es bei Otmar stehen lassen, um Blechschäden zu vermeiden. Aber links, vor dem Buchladen, der an Eugens Ausschank grenzte, stand ein Wagen. Ein offener Volkswagen, schwarz, mit roten Polstern und einem Blumenstrauß hinter der Scheibe. Die linke Tür stand etwa um meine Breite offen. Vermutlich hatte der eilige Besitzer sie nicht richtig zugeknallt.

Ich weiß nicht mehr, wie ich dazu kam. Es war wohl die Nachwirkung von Johnnys Schnapsbohnen: Ich trottete auf den Wagen zu und atmete den wonnigen Geruch von besonntem Leder und Gummi ein, der die Autos so liebenswert macht. Ich sah mich um. Niemand war in der Nähe! Mit einem kurzen Satz war ich im Wagen und auf den roten Sitzen. Sie rochen nach Parfüm, aber anders als Rita, frischer und unaufdringlicher.

Der fremde Duft brachte mir das Unerlaubte meiner Handlungsweise zum Bewusstsein. Ich wollte aussteigen. Zu spät.

Die Tür des Buchladens wurde aufgerissen. Ich sah den dunklen Kopf einer jungen Frau, die mit energischem Schritt auf den Wagen zukam. Heute preise ich die Furcht, die mich damals davon abhielt hinauszuspringen. Ich quetschte mich zwischen den Sitzen durch und verkroch mich nach hinten. Im nächsten Augenblick flog ein Buch dicht an mir vorbei, dann ein Einkaufsnetz. Der Parfümduft verstärkte sich. Die Tür knallte zu.

Ich war zu Tode erschrocken, als der Motor losbrummte und das Auto abbrauste. Ich kippte um, geriet ein Stück weiter nach hinten und sah das dunkle Haar des Mädchens über der Lehne. Wunderbarer Hals. Schulterpartie in weißer Leinenjacke.

O Dan, dachte ich. Jetzt suchst du mich und machst dir Sorgen. Nichts als Ärger hast du mit mir. Ich bin ein blinder Passagier auf hoher See und kann nicht aussteigen ... Der Fahrtwind pfiff mir um die Ohren. Das Mädchen zog den

Wagen scharf um die Ecken. Wenn der Motor weniger laut gewesen wäre, hätte es hören müssen, wie ich zwischen dem Netz und dem Buch herumrollte. Und das mit meinem Kater!

Hoffentlich ist sie nicht aus einer anderen Stadt, dachte ich. Oder die Frau eines Hundefängers.

Nach einiger Zeit hatte ich es raus, mich in die Kurven zu legen. Aber diese Fertigkeit nützte mir nichts mehr. Sie bremste so scharf, dass ich mit Vehemenz gegen die Lehne knallte. Der Motor blieb stehen. Die Fahrt war zu Ende.

Ich hörte, wie das Mädchen die Handbremse anzog. Dann drehte sie sich um, und ich sah zum ersten Mal in ihre wunderschönen hellgrünen Augen.

Geraume Zeit passierte nichts.

«Ja, wo gibt's denn so was?», sagte sie dann. «Wie kommst du hierher?»

Dreimal darfst du raten, dachte ich. Eingestiegen.

Sie streckte die Hand aus. Im Allgemeinen lasse ich mich nicht von fremden Leuten anfassen. Jetzt wäre es aber die Höhe der Frechheit gewesen, sie obendrein noch zu beißen. Ihre schlanke, warme Hand strich über mein Fell. Sie lachte. «Du musst erst mal mit raufkommen. Sonst brennt mein Braten an.» Sie nahm Netz und Buch und stieg aus. Ich blieb sitzen.

«Na los, los! Wirst nicht gefressen.»

Widerstand war zwecklos. Ich sprang hinaus und schüttelte mich. Sie hielt die Haustür auf. Ich sprang hinter ihr die Treppen hoch und musste mich anstrengen, mit ihr Schritt zu halten.

Im zweiten Stock schloss sie ihre Wohnungstür auf, knallte Netz und Buch auf einen Stuhl und rannte weiter nach hinten. Ich folgte vorsichtig. Es roch schon ziemlich stark nach Braten. Aber nicht angebrannt. Ich hörte sie hantieren und herumlaufen. Dann kam sie wieder. «Komm, blinder Passagier!», sagte sie.

Wir gelangten in ein mittelgroßes helles Zimmer. Die Einrichtung war typisch weiblich. Ein Haufen Zeug, das Dan sich niemals angeschafft hätte.

Sie setzte sich und nahm eine Zigarette. Während sie rauchte, hatte ich Muße, sie zu betrachten.

Wirklich toll. Das schönste Mädchen, das ich mir vorstellen konnte. Ein Langhaardackel unter den Menschen.

Schwarzes Haar, wie die Federn eines jungen Raben. Helle Augen mit ganz feinen braunen Pünktchen darin, fröhlich und selbstbewusst. Beachtliche Oberweite, aber trotzdem schlank, und bildhübsche Beine. Sie schlug mit der flachen Hand neben sich auf die Couch. «Hopp – komm zu mir!»

Ich fügte mich, obwohl ich sonst kaum auf Kommandos reagiere. Sie zog noch einmal an ihrer Zigarette, legte sie weg und griff nach meinem Halsband. Ich dachte voller Dankbarkeit an Gerda Gilbert, Pauls reizende Frau, die Dan den vortrefflichen Rat gegeben hatte, einen Zettel mit meiner Anschrift in das Täschchen zu stecken. Das Mädchen las und lächelte über die zwanzig Pfennig. «Blasius heißt du also», sagte sie. «Herrchen wird dir deine Ohren noch länger ziehen.»

Das fürchtete ich auch.

Auf einem kleinen Sekretär hatte sie ein weißes Telefon. Sie wählte Dans Nummer. Die Scheibe drehte sich mit leisem Schnarren.

Nichts. Es meldete sich niemand.

Entweder suchte er in den Straßen unseres Viertels nach mir, oder er saß noch bei Eugen, dem Flüssigen, und war schon so blau, dass er mein Fehlen gar nicht bemerkt hatte.

Meine Gastgeberin legte den Hörer auf.

«Na – dann essen wir erst mal.»

Sie sagte das mit solcher Selbstverständlichkeit, als hätte sie jeden Tag fremde Hunde zu Gast. Der Anblick des Bratens hob meine Stimmung. Ich bekam eine ganze Scheibe, eine kleine Kartoffel und ein wenig Soße, was meinen Diätvorschriften ziemlich genau entsprach. Sie aß in aller Ruhe, rauchte noch eine Zigarette und rief wieder mein Herrchen an. Jetzt war Dan da. «Gengenbach», sagte das Mädchen, «Herr Nogees ... kennen Sie einen Herrn Blasius? Ja ... bei mir ... in mein Auto gestiegen ...»

Dan redete anscheinend schnell und viel.

«Wollen Sie mit ihm sprechen?»

Sie hielt mir den Hörer ans Ohr. Ich vernahm Dans liebe Stimme.

«Du dreimal verfluchter Satansbraten», schimpfte er, «ich werde dich schlachten und ausstopfen lassen! Wir suchen uns dusselig, und du sitzt bei fremden Frauen. Du stehst morgen auf der Speisekarte, du Satansratte, so wahr ich ...»

Den Rest seiner Ausführungen vernahm ich nicht mehr. Sie hörte wieder zu und lachte. Dann nannte sie die Adresse und hängte auf.

«Gleich kommt Herrchen angesaust», sagte sie. «Nette Stimme hat er.»

Sie stand auf und ging hinaus. Ich blieb nachdenklich sitzen und hörte sie draußen rumoren. Einmal kam sie herein und hatte einen weißen Kittel an. Sie arbeitete irgendetwas, aber ich fand nicht heraus, was es war. Immerhin: berufstätig. Na ja, was ging es mich an?

Ich hockte allein im Wohnzimmer und döste vor mich hin.

Durch das offene Fenster drang der Lärm von Autos und Straßenbahnen: Den Krach von Dans altem Karren hätte ich noch aus dem Geknatter von hundert Motoren herausgehört. Er trat noch einmal auf den Gashebel, wenig später schepperte die Tür.

Ich sprang zu Boden und rannte auf den Korridor. Sie kam aus einem kleinen Zimmer heraus, in dem flache Schalen und Flaschen standen.

«Was ist? Kommt er?»

Ich schwänzelte und grinste sie an. Man hörte, wie jemand die Treppe dreistufenweise heraufsauste. Es klingelte fürchterlich. Sie öffnete, und Dan stolperte über die Schwelle. Er hockte sich nieder, und ich sprang ihm ins Gesicht und quiekte in höchsten Tönen. Er drückte mich, ich kam frei, rannte im Kreis herum und sprang ihn wieder an. Er schwatzte dummes Zeug, mein Gequietsche schallte durch das Haus, und erst nach längerer Zeit erinnerten wir uns an die Wohnungsinhaberin.

Sie stand an der Wand und betrachtete uns aufmerksam.

Dan richtete sich auf und strich sich seine zerwühlte Frisur zurecht. «Entschuldigen Sie», sagte er verlegen, «Nogees ... es war unsere erste Trennung, wissen Sie ... ich danke Ihnen, Fräulein ...»

«Gengenbach», half sie ihm.

Dan verstummte. Langsam schien ihm klarzuwerden, was er da vor sich hatte. Er brachte den Blick nicht los von ihrem Gesicht. Ruhig sah sie ihn an. Ich setzte mich, guckte mit hängender Zunge von einem zum anderen.

Sie musterten sich so intensiv, dass mir war, als liefe ein knisternder Strom zwischen ihnen. Es wurde mir fast peinlich, dass Dan sie so anstarrte. Irgendetwas vollzog sich jetzt dort oben, von dem ich keine Ahnung hatte und nie eine haben würde.

Dan erwachte und nahm mich hoch.

«Hatten Sie Ärger mit ihm?»

Sie schüttelte den Kopf.

«Keine Spur. Fromm wie ein Osterlamm.»

«Möchte wissen, wie er auf die Idee gekommen ist», sagte Dan. «Zuerst sah es so aus, als hielte er nichts vom Autofahren. Wurde seekrank. Und nun ... aber ich möchte Sie nicht aufhalten ...»

Sie tat auch nichts, um uns aufzuhalten.

«Leider habe ich gleich Kundschaft», erklärte sie.

Heiliger Blasius. Jetzt musste ihm etwas einfallen, sonst waren wir draußen, und aus war's mit der Romanze.

Dan hielt mich in einem Arm und fingerte in seiner Tasche herum.

«Darf ich Ihnen das Telefongeld ...»

Sie schüttelte leicht ihr schönes Haar.

«Das hatte er mit.»

«Wie? ... Ach ja, das hatte er mit ...»

Mein schüchternes Herrchen nahm die Hand aus der Tasche und verbeugte sich. «Nochmals vielen Dank», sagte er. «Ich kann Ihnen nicht sagen, was ich getan hätte, wenn er weg gewesen wäre ...»

«Kann ich Ihnen nachfühlen», sagte sie. Ihre Hand strich über meine Schnauze.

«Wiedersehen, Blasius. Es war mir ein Vergnügen.»

Mir auch. Vom Braten erzählte sie kein Wort. Wunderbare Frau. Nie würde ich ihren Geruch aus meiner Erinnerung verlieren. Sie gab Dan die Hand. Als wir auf der Schwelle standen, drehte er sich noch einmal um.

«Ach ... gnädiges Fräulein, ich sah, Sie sind Fotografin ...»

«Ja.»

Gut, Dan, dachte ich. Nur nichts auslassen.

«Ich kenne nämlich sonst niemanden aus dieser Sparte ... Ich wollte uns gern fotografieren lassen, Blasius und mich. Außerdem brauche ich Passbilder. Machen Sie so etwas?»

«Im Allgemeinen nicht ...»

«Bezahlen muss ich in jedem Fall», sagte Dan. «Dann zahle ich schon lieber an Sie, weil Sie unsere Familie wieder zusammengeführt haben.» Jetzt musste sie merken, dass er nicht verheiratet war. «Ich kann mich ganz nach Ihnen richten», stieß Dan nochmals nach.

Warum sollte sie nein sagen? Auch schöne Fotografinnen müssen Miete zahlen. Dazu kam Dans bittender Blick.

«Übermorgen Abend um sieben?»

«Übermorgen Abend um sieben. Fein!»

Dann waren wir endgültig draußen.

Prima, Dan. Man muss die Mädchen schmieden, solange sie warm sind. Ich hätte mir die Pfoten gerieben, wenn ich es gekonnt hätte.

Am übernächsten Abend um sieben standen wir mit klopfendem Herzen vor der Tür der Fotografin. Dan hatte einen dunklen Anzug an und sah gut aus. Er war beim Friseur gewesen und hatte eine halbe Stunde lang seine Krawatten durchprobiert. Mich hatte er am Tag zuvor unter der Dusche mit Shampoolösung gewaschen und mir anschließend das Fell trocken gerieben und gestriegelt. Jetzt sah ich aus wie gehäkelt und roch wie eine Parfümflasche.

Gut war außerdem, dass Dan erst gestern sein Gehalt bekommen hatte. Er führte drei langstielige, sündhaft teure Rosen mit sich. Als unser schwarzer Engel öffnete und wir eingetreten waren, wickelte er sie aus.

«Ach», sagte sie mit leichtem Stirnrunzeln. «Das wäre wirklich nicht nötig gewesen.»

«Das dachte ich auch», sagte Dan, «und habe es trotzdem getan.»

Sie lächelte und begrüßte mich. Ich schnupperte an ihrem weißen Kittel und wedelte fröhlich.

Die Fotografiererei ging äußerst sachlich vor sich. Fräulein Gengenbach bugsierte uns in einen Raum mit strahlend hellen Lampen. Zuerst kam Dan dran. Sie setzte ihn auf einen Stuhl, bestrahlte ihn aus verschiedenen Richtungen und bog seinen Indianerkopf so lange hin und her, bis sie seine beste Seite herausgefunden hatte. Anschließend drehte sie an ihrem Kasten herum. Dan musste lächeln, und er machte es reizend. Trotzdem schimpfte sie mit ihm, als er in den Apparat gucken sollte und stattdessen sie ansah.

Darauf knipste sie uns beide zusammen. Ich kam auf Dans Schoß, meine Pfoten lagen auf seinem Unterarm, und unsere Köpfe waren dicht beieinander. Wir lächelten uns freundlich an, als der Verschluss klickte.

«Ist er fotogen?», fragte Dan.

«Sehr.»

«Ich hätte gern noch eine Aufnahme von ihm allein.»

Sie dachte einen Augenblick nach.

«Kann er aufrecht auf dem Tisch sitzen?»

«Kannst du aufrecht auf dem Tisch sitzen?», fragte mich Dan. Wenn ich gute Laune habe, kann ich alles. Sie schoben einen niedrigen runden Tisch vor den Apparat und breiteten eine Wolldecke darüber. Solange unser Mädchen ihre Lampen einstellte, konnte ich sitzen bleiben. Dann wurde es erst ernst. «Mach schön, Blasi!», forderte mich Dan auf. «Mach schön! Wirst du wohl schönmachen, du dickköpfiger ...»

«Nicht schimpfen», sagte sie. Ich ließ Dan erst noch eine Weile zappeln, ehe ich mich dazu bequemte. Dann stellte ich mich aufrecht auf die Hinterbeine, ließ die Pfoten hängen und sah mit gelangweiltem Blick in die Linse. «Wunderbar», lobte Dan.

Fräulein Gengenbach gab mir ein Cremehütchen.

«So», sagte sie munter, «das wär's dann. Was kann ich außerdem für die Herren tun?»

Oh, es gab eine Menge, was sie hätte tun können. Ich dachte aber nicht, dass Dan sein Laster so unmittelbar zu erkennen geben würde.

«Haben Sie was zu trinken?», fragte er. Ich schaute zu Boden. «Es war so heiß hier. Die vielen Kilowatt und der Konfirmandenanzug.»

«Genügt eine Coca?»

«Hier würde mir sogar Buttermilch genügen», sagte Dan.

Wir gingen in das Zimmer, das wir schon kannten. Ich sprang auf die Couch. Dan blieb stehen. Sie verschwand und blieb einige Minuten weg. Als sie wiederkam, war sie ohne Kittel und sah bildhübsch aus. Sie brachte eine Vase für Dans Rosen. Dann nahm sie mich mit in die Küche, und während sie die Cocaflaschen aus dem Eisschrank holte und öffnete, trank ich mit Behagen eine Tasse kalter Milch leer. Dan bekam seine Coca. Nur schwer konnte er seine Begeisterung verbergen, als noch eine kleine Flasche Rum auftauchte.

Ich beobachtete Dan. Sämtliche Sofakissen und die Tischdecke wollte ich fressen, wenn er nicht schon in unsere Fotografin verschossen war. Ritas Chancen wurden zusehends geringer. Dan begann Konversation zu treiben.

«Sie machen sonst keine Porträtaufnahmen?»

«Nein. Mode.»

«Aha. Süße Mädchen in Taft und Tüll. Wirklich nett, mit uns eine Ausnahme zu machen. Im Abendkleid hätten wir komisch ausgesehen.»

Sie deutete auf mich.

«Haben Sie etwas dagegen, wenn ich sein Bild an meine Redaktion schicke?»

«Gegen nichts, was Sie tun, habe ich etwas», sagte Dan. «Außerdem ist das der Weg zum Ruhm. Viele Filmstars stammen aus der Konfektion. Ich will seiner Karriere nicht im Wege stehen.»

Sie tranken auf meine Karriere.

«Ganz allein wohnen Sie hier?», fing Dan wieder an.

«Ja.»

«Mir geht's genauso. Blasius ist mein einziger Hausgenosse.»

«Wo haben Sie ihn her?»

Dan erzählte von Rohmarken und Frau von Quernheim.

«Wenn die wüsste, dass er in fremde Autos steigt! Sie würde ihn verleugnen.»

«Hat sie noch mehr?»

«Er war der Letzte von seinem Wurf», sagte Dan. «Aber da kommen bald neue.»

Das Mädchen blickte sinnend auf mich.

«Ich möchte auch einen», sagte es leise. Ich freute mich. Rita hätte das nie gesagt.

«Liebe Künstlerin», sagte Dan schließlich, «wann sind unsere Bilder fertig?»

«Freitag.»

«Wir möchten uns revanchieren. Geben Sie uns am Freitag die Ehre zu einem Junggesellenabend und bringen die Bilder mit?»

Sie sagte ja. O Wonne.

Wir gingen die Treppe hinunter, und Dan warf einen Blick zurück auf das Schild neben ihrer Tür.

«Eva ...», murmelte er.

Eva, dachte ich.

Im Auto legte Dan kurz seine Hand auf meinen Kopf.

«Prima hast du das gemacht, mein Ohrenflattrich», sagte er lobend.

Der grosse Tag war da – Freitag. Um halb sechs kam Herrchen vom Einkaufen zurück, beladen wie ein Maulesel. Neunzig Minuten blieben uns noch Zeit, um die Wohnung herzurichten. Die Putzfrau war am Morgen schon da gewesen, hatte mich von einer Ecke in die andere gekehrt und über die verlotterte Junggesellenwirtschaft geschimpft.

Jetzt begann Dan wieder die Wohnung zu schmücken. Mit Frohlocken bemerkte ich, dass er sich noch mehr Mühe gab als vor Ritas Besuch. Überall standen Blumen herum. Auf den Rauchtisch stellte er Gläser, Salzstangen und Zigaretten. Darauf begaben wir uns in die Küche. Dan zerschnitt einen Weißbrotknüppel und belegte die Scheiben mit verschiedenen leckeren Zutaten. Ich saß daneben und fing die Brocken auf, die er in erfreulich kurzen Abständen herunterwarf. Er hatte mir gerade einen Löffel Fleischsalat auf die Nase geklatscht, als es klingelte.

Dan hielt inne, und wir sahen uns an.

«Wer zum Henker ist das?»

Ich wusste es nicht. Dan legte die Butter hin und ging hinaus. Ich leckte den Fleischsalat notdürftig von meiner Nase und folgte ihm. Als ich vor der Tür angekommen war, roch ich Evas herbes, frisches Parfüm und erinnerte mich im gleichen Augenblick, dass wir sie statt um sieben schon um sechs eingeladen hatten.

Dan öffnete. Draußen stand Eva. Ihr Cocktailkleid unter dem Mantel war ein einziger Sommertraum. Sie sah den hemdsärmeligen Dan, mit dem Messer in der Hand, und mich, mit der Fleischsalatnase. In ihrem Gesicht zuckte es.

«Gütiger Himmel», sagte Dan erstaunt, «ist es schon sieben?»

«Sechs», sagte sie.

«Sechs? ... Ach, ich Riesenrindvieh! Kommen Sie herein, bitte!»

Sie tat es. Dan legte das Messer auf das Spiegelbord und half ihr aus dem Mantel.

«Das ist ja eine entsetzliche Pleite», stotterte er. «Bin ich denn schon so vertrottelt? In der Küche steht das halbfertige Abendbrot, und mein Bart knistert, wenn Sie drüberstreichen.»

«Ich mache lieber das Abendbrot fertig», sagte Eva entschlossen. «Sie rasieren den Bart ab, und nichts ist verloren.»

Sie ergriff das Messer. Dan öffnete wortlos die Küchentür. Ich drückte mich hinter Eva durch und ließ mich am alten Platz nieder.

Ihre Hände vollendeten das Werk spielend. Währenddessen hörten wir im Bad das Wasser rauschen und den Rasierapparat surren. Eva lächelte mich an und gab mir einen Wurstzipfel; ich strahlte zurück.

Sie trug die Platte ins Wohnzimmer. Unser Hausherr erschien frisch gewaschen.

«Der Bart ist ab. Und Sie sollte man in Platin fassen. Einen Cocktail für den Appetit?»

Sie nickte. Während Dan draußen mit den Flaschen klapperte, spielte sie mit mir. Sie zog mich sanft an den Ohren, und ich schlug mit den Pfoten nach ihrer Hand.

Dan füllte die Gläser. Er stellte sich neben seinen Sessel und hielt folgende Ansprache: «Verehrtes Fräulein Gengenbach! Herr Blasius von Rohmarken und ich erlauben uns, dem schönsten und nettesten Mädchen dieser Stadt zu ihrem ersten Besuch in unserer Hütte ein fröhliches Prost zuzurufen!»

Sie tranken. Eva spitzte die Lippen.

«Oh! Was ist das?»

«Daiquiri», erklärte Dan. «Der Cocktail Hemingways. Rum mit Fruchtsaft, in diesem Falle Ananassirup. Eiskalt.»

«Fein», sagte sie und trank das Glas aus.

Sie machten sich über die Platte her. Ich wurde von

zwei Seiten gefüttert, und der Umfang meiner Taille nahm bedenklich zu. Dan räumte die Platte weg, holte Coca und Rum und stellte Musik ein. Eva ging einen Augenblick hinaus und hielt unsere Bilder in der Hand, als sie wieder hereinkam. Ich sprang auf den dritten Sessel, und wir rückten zusammen, um besser sehen zu können.

Dans Passbilder waren gut, aber man sah gleich, dass ihm der nötige Ernst gefehlt hatte. Wir beide zusammen erweckten den Eindruck, als wären wir von einem Wanderzirkus, und ich sah aus wie mein eigenes Denkmal. Fehlte bloß die Inschrift.

«Fabelhaft», sagte Dan. «Keiner Ihrer Fachgruppe hätte es besser gekonnt. Und nun suchen Sie sich eins davon aus.»

«Nein.»

«Bitte!»

Sie nahm meins. Ich versuchte, in Dans Gesicht zu erkennen, ob er sich ärgerte, aber er verzog keine Miene.

«Richtig. Er ist der Bessere von uns beiden. Und wann kriegen wir eins von Ihnen?»

«Ich fotografiere nur andere Leute.»

«Ich habe einen alten Selbstauslöser.»

«Ich ...»

Es klingelte.

Dan sah mit gequältem Gesicht zur Tür.

«Wer ist das nun wieder?»

«Die Dame, die Sie um sieben Uhr eingeladen haben», sagte Eva vergnügt. Dan sah mich besorgt an.

«Entschuldigung», sagte er.

Man soll einen Gast nicht allein sitzen lassen. Aber meine Neugier besiegte mich. Ich folgte Herrchen. Schon auf halbem Wege wusste ich, was los war.

Der Duft! Sumpfblüten, eine Spur zu weich, um zu erfrischen, und eine Spur zu schwer, um nicht lästig zu sein.

Rita, die Göttliche. Na, dann gute Nacht.

Sie betrachtete erstaunt den aufpolierten Dan, der sichtlich um seine Fassung rang.

«Nanu! So gepflegt kenne ich dich ja gar nicht! Guten Abend!» Dan fasste sich schnell. «Bei mir ist Besuch», sagte er. «Aber deswegen sollst du nicht dursten. Tritt ein!»

Sie tat es. Sie trug ein himbeerfarbenes Gewand mit einem Glockenrock, dazu ein Barett wie ein Landsknecht. Auch in Himbeer. Eine einzige große Himbeere.

Dan blieb in der Tür stehen. Während sie vor dem Spiegel stand, warf sie schnelle Blicke auf Evas Mantel. Dann kam sie ins Wohnzimmer.

«Ich darf bekannt machen», sagte Dan mit Würde, «Fräulein van Eck – Fräulein Gengenbach.»

Die Damen reichten sich die Hände und musterten sich, blitzschnell, aus den Augenwinkeln heraus und zwischen den Wimpern hindurch, so wie es nur Frauen können, Angehörige eines Geschlechtes, das den eigenen Mitgliedern am wenigsten traut. Rita beschlagnahmte meinen Sessel. Ich sprang auf die Couch, um besser beobachten zu können.

Eva war lässig sitzen geblieben, wie ein schönes, träges Tier. Rita hielt das Kreuz steif, und als sie Dans Feuer entgegennahm, sah ich, wie ihre Hand mit der Zigarette ein wenig zitterte. Es machte ihr mehr Mühe, ruhig zu bleiben, als Eva.

Dan goss ihr ein.

«Wenn ich gewusst hätte, dass du kommst, hätten wir mit dem Essen gewartet.»

«Ach, wie nett», sagte sie spottend. «Dabei wollte ich

dich gerade zum Essen einladen. Ich kam zufällig vorbei, und mir fiel ein, dich zu fragen, ob du morgen zu uns kommen willst.» Fauler Zauber. Ebenso gut hätte sie anrufen können.

«Was gibt es?», fragte Dan unerschüttert.

«Steak mit Pilzen.»

«Wir kommen.»

Fein, wie elegant er mich mit einlud.

Ihr Blick wurde starr. Sie sah zu Eva, dann zu mir.

«Ach so. Ja, natürlich ... bring ihn nur mit.»

Dan hob sein Glas und trank seinen beiden Frauen zu. Rita entdeckte die Bildertüte.

«Was ist das?»

«Das Werk von Fräulein Gengenbach.»

«Oh! Darf ich?»

Sie betrachtete unsere Bildnisse. Währenddessen sah Dan Eva lächelnd an.

«Such dir eins aus», sagte er.

Mir war vollkommen klar, welches sie nehmen würde.

«Das kleine stehle ich dir. So lange kennen wir uns schon, und ich habe noch kein anständiges Bild von dir.»

«Nimm hin», sagte Dan mit Gönnermiene, «unsere Leibfotografin muss sowieso noch Abzüge machen.»

Ritas Augen flirrten zu Eva hinüber.

«Sie sind Fotografin?»

«Ja.»

«Wie reizend. Darf ich auch zu Ihnen kommen?»

«Schon wieder eine neue Kundin», sagte Dan, bevor Eva antworten konnte, «und sie hat ungefähr vierhundert verschiedene Kleider. Fräulein Gengenbach knipst nämlich sonst nur Mannequins in Traumkleidern.»

«Ach», flötete Rita süß, «bist du ein Mannequin?»

Es begann brenzlig zu werden. Dan ließ sich nicht erschüttern.

«Blasius ist eins. Ich bin nur aus Versehen mit drauf.»

Eva sah sie ohne eine Spur von Groll an.

«Von den Ausnahmen lebt man. Ich freue mich, wenn Sie kommen. Das, was ich von Blasius nicht nehmen konnte, muss ich eben bei Ihnen aufschlagen.»

«Kennen Sie ihn schon lange?», fragte Rita lauernden Tones.

«Wir sind alte Bekannte», erwiderte Eva. «Blasi – kommst du zu mir?»

Nichts lieber als das! Ich sprang mit einem Satz von der Couch, mit dem zweiten zu ihrem Sessel und mit dem dritten auf die warme Seide ihres Kleides.

«Wie süß», säuselte Rita. Der Zorn saß hinter ihrer Stimme. Dan merkte es und erzählte meine Autogeschichte.

«Mein Schlitten ist ihm zu armselig.»

«Kann ich ihm nachfühlen. Ich nehme ihn mal im Mercedes mit.»

«Die Marke allein macht's nicht», warf Dan trocken ein.

Oh, oh. Er würde was zu hören kriegen.

Rita antwortete nicht, sondern sah nach der Uhr.

«Gott, ich muss weiter! Dan – morgen, kurz vor eins. Bist du pünktlich?»

«Bei Steak mit Pilzen bin ich immer pünktlich.»

Rita erhob sich. Die Damen verabschiedeten sich mit größter Liebenswürdigkeit voneinander, betonten, wie sehr es sie gefreut hätte, und meinten, dass sie sich unbedingt wiedersehen müssten.

Dan ging mit zur Tür. Ich blieb auf Evas Schoß sitzen.

Vom Flur her kam das Geräusch eines mittelschweren Kusses. «Wiedersehen, Liebling! Bis morgen.»

«Ja», murmelte Dan. Die Tür fiel ins Schloss.

Herrchen blieb einen Augenblick draußen. Ob er sich den Lippenstift aus dem Gesicht wischen wollte? Dann kam er herein, setzte sich, atmete tief und nahm einen gewaltigen Schluck. Er sah angegriffen aus.

«Der Himmel prüft mich hart heute Abend», stellte er fest. «Blasius – wir haben es mit zwei Damen auf einmal verdorben.»

Eva kraulte mich am Hals. «Er nicht», sagte sie.

«Dann ist er meine letzte Brücke zu Ihnen. Sehen Sie, so ...»

Er rückte näher an sie heran und klopfte auf sein Knie. Ich kam mit den Pfoten herüber, stand mit der einen Hälfte auf ihm und mit der anderen auf Eva, bis ich abrutschte und hinunterfiel. «Ja», sagte Dan und lehnte sich zurück, «das war Rita. Der Notgroschen für mein Alter. Die ewig gleichmäßig gute Partie. Es ist ein Jammer.»

«Was ist ein Jammer?»

«Dass ich sie nicht genügend liebe.»

«Warum nicht?»

«Sie ist blond.»

«Können Sie nicht vernünftig reden?»

«Nein», sagte Dan fröhlich und drehte am Radio, «nicht in Ihrer Nähe.»

Aus dem Lautsprecher kam irgendein schnelles Ding. Sie tanzten, und ich sah zu. Ich spürte förmlich, wie es Herrchen kribbelte, Eva zu küssen, aber er riss sich zusammen.

Allerdings nicht lange. Vier Tänze und drei Gläser noch.

Dann zog er sie während eines zärtlichen Gitarrensolos an sich und küsste sie. Sanft, aber nachdrücklich. Mein Herz fing an zu hämmern. So ein Narr, alles aufs Spiel zu setzen! Ich schloss die Augen und wartete auf den Knall der Ohrfeige.

Nichts dergleichen. Als ich einige Zeit im Dunkeln gesessen hatte, öffnete ich die Lider. Dan stand vor ihr und streichelte ihr Haar.

Ich staunte über seine Courage. Alles hätte schiefgehen können, und ich hätte mir vor Wut den Schwanz abgebissen. Wer weiß, ob sie es geduldet hätte, wenn Rita nicht aufgetaucht wäre? Aber so ist das. Ein Mädchen treibt das andere an.

«Sind Sie böse?», fragte Dan mit geheuchelter Niedergeschlagenheit.

Sie schüttelte ihr schönes Haar.

«Nein. Aber nun muss ich gehen.»

Er war weise genug, nicht auf sie einzureden. Wir brachten sie hinunter zu ihrem Wagen.

«Eva», sagte Dan, «Blasi und ich sind ausgesprochen glücklich. Nichts auf der weiten Welt wird uns hindern können, ununterbrochen an Sie zu denken.»

«Sie werden Ihre Stellung verlieren.»

Eva öffnete die Wagentür. Ich sprang auf die vertrauten Polster. «Möchte wissen, warum ich für diesen Hund noch Steuern zahle», brummte Dan.

Eva kam von der anderen Seite und setzte sich ans Steuer. Dan stützte die Hände auf den Türrahmen.

«Eva – wenn Sie meinen Anblick in einer Woche schon wieder ertragen können – nächsten Samstag feiern wir ein Atelierfest bei einem Freund – Maler – mit Kostüm und

Dekoration – Gäste sind erwünscht und willkommen. Fotografieren lohnt sich – wie ist es?»

Sie zögerte. «Samstag? Ich weiß noch nicht ...»

«Blasius kommt auch mit», sagte Dan. «Ich reibe ihm die Ohren mit Stärke ein, dann geht er als Düsenjäger. Sein Bruder wird auch da sein. Also Männer genug, wenn Sie mich nicht mögen.» Immer wenn von mir die Rede war, gab Eva nach. «Na gut. Rufen Sie mich noch mal an, ja?» Sie sah zu ihm hinauf. «Kommt Rita auch?»

«Es wird sich nicht vermeiden lassen. Sie wollte Sie doch so gern wiedersehen. Machen wir ihr die Freude.»

Eva warf einen tadelnden Blick auf meinen Herrn. Dann beugte sie sich zu mir herunter, rieb mein Fell und gab mir einen leisen Kuss auf die Nase. Dan knirschte in gespielter Eifersucht mit den Zähnen.

«Nacht, Blasi.» Die nächsten Worte flüsterte sie so leise, dass nur ich sie verstehen konnte. «Herrchen ist sehr nett.» Ich bekam vor Freude eine Gänsehaut. Sie reichte mich durch das Fenster in Dans Arme. Er ergriff ihre Hand und hielt sie bedeutend länger fest als üblich.

«Gute Nacht, Eva. Fahren Sie schön langsam. Sie haben keine Zwillingsschwester!»

Eva nickte und zog davon. Wir winkten den Schlusslichtern nach.

Ich schwänzelte erhobenen Hauptes neben Dan auf unsere Haustür zu. Die Eroberung dieses Mädchens war einzig und allein mein Verdienst. Ich hatte sie entdeckt. Wer weiß, ob sie ihm nicht doch eine geknallt hätte, wenn ich nicht dabei gewesen wäre ... Ich musste Herrchen vor Ritas Schlingen bewahren.

Mit diesem Vorsatz stieg ich am nächsten Tag um halb eins ins Auto. Dan war gepflegt wie ein Heiratsschwindler und führte zwei Tüten Seidenpapier mit je drei langstieligen Rosen mit sich. Für ihren Preis hätten wir auch im Restaurant essen können. Aber es musste durchgestanden werden. Wir gerieten in eine Gegend, in der die Häuser immer prunkvoller, die Autos immer dicker und die Kinder immer unartiger wurden. Jetzt war mir doch mulmig zumute, und auch Dan sah unlustig aus. Sie würden ihn fertigmachen und mich am Spieß braten.

Dan bog von der Straße ab und fuhr mit furchtbarem Gerassel eine geschwungene Auffahrt empor, die unter einem Säulenvorbau durchführte. Das Haus dahinter sah aus wie die Botschaft eines mittleren Staates. Dan ergriff seine Rosen und klingelte am Portal.

Nach einer Weile näherten sich gemessene Schritte. Ein schwarz gekleideter Herr öffnete. Er strahlte so viel Würde aus, dass ich nicht wagte, an seinen Hosenbeinen zu schnuppern.

Er warf einen prüfenden Blick auf uns.

«Herr Nogees? Das gnädige Fräulein erwartet Sie.»

«Das ist nett von ihr», murmelte Dan ergriffen. Wir durchschritten eine Halle mit Ebenholzwänden und vornehmer Stille und stiegen über einen Veloursläufer nach oben. Nach einigen Ecken witterte ich den ersten Hauch vom Sumpfblüten-Parfüm. Das Verhängnis war nahe.

Der Haushofmeister klopfte an eine Tür, hoch wie der Eingang zu einem Dom. Ritas energische Stimme rief: «Herein.»

Wir betraten die Kemenate.

Der Raum war groß, und die Decke schien unermesslich hoch über mir zu schweben. Sie war zartgrün, der Fußboden hellbraun, etwa meine Farbe. Tapeten und Gardinen hatten grelle, bunte Kleckse. Die Stühle bestanden aus verbogenen Stahlröhren mit farbigen Bespannungen dazwischen, und der Tisch sah aus, als hätte ihn jemand in die Länge gezogen und dann noch ein paar Kurven hineingedrückt. Stehlampen mit Schirmen wie Frühlingshüte standen herum. An der Wand war eine gläserne Hausbar, in deren Innerem ich freundliche Flaschen gewahrte, und dem Fenster gegenüber stand ein gewaltiger Fernsehkasten, von dem Frau von Quernheim immer gesagt hatte, dass so ein Ding nicht in ihr Haus käme.

Die blonde Rita lehnte in einem der Röhrensessel, umflossen von den Falten ihres Gewandes. Es passte zu den Gardinen.

«Da seid ihr also», sagte sie.

«Da sind wir also», antwortete Dan, der mutige Ritter.

Er wickelte die Rosen aus dem Papier. Man küsste sich kurz.

«Martini vor dem Essen?», fragte Rita.

«So sei es», antwortete Dan.

«Tag, Blasius», sagte Rita zu mir, als sie zur Bar hinüberging. Ich erwiderte ihren Blick freundlich. Warum sollte man unhöflich sein? Sie schien langsam zu begreifen, dass der Weg zu Dan über mich führte.

Sie ließen sich an einem kleinen dünnbeinigen Tisch

neben der Bar nieder. Rita schwenkte einen klappernden Silberbecher und füllte die Gläser. Dan trank etwas hastig. Wahrscheinlich hatte er es nötig. Rita betrachtete ihn aus schmalen Augen.

«Noch gut amüsiert gestern?»

«Ach ja», sagte Dan leichthin.

«Sehr nettes Mädchen.»

«Sehr.»

«Nur ein bisschen langweilig.»

«So?»

«Findest du nicht?»

«Ach – ganz wohltuend, wenn eine mal nicht darauf gespannt ist, was sie im nächsten Moment sagen wird.»

«Dann kommt man selbst besser zur Geltung.»

«Natürlich. Hast du noch einen? Schmeckt ausgezeichnet.»

Rita schenkte nach.

«Habe gar nicht gewusst, dass du für Fotografinnen schwärmst.» Dan warf einen hilfesuchenden Blick zu mir. Ich lag auf dem Teppich und betrachtete meinen Herrn mit Sorge.

«Man kriegt die Passbilder billiger.»

«Ist sie in dich verliebt?»

«Nein. In Blasius.»

«Glaub nicht, dass er ihr auf die Dauer genügt.»

«Würde er dir auf die Dauer genügen?»

«Kaum.»

Ich beschloss sofort, in diesem Zimmer irgendetwas zu zerknabbern.

«Na ja», sagte Dan. «Aber keine Sorge! Sie macht sich nichts aus mir.»

Rita setzte ihr Glas hart auf die Glasplatte.

«Rede doch nicht! Denkst du, ich habe keine Augen im Kopf?»

«Wo sonst?»

Der Narr musste sie auch noch reizen.

«Ein Blinder konnte sehen, dass sie hinter dir her ist! Und du hinter ihr!»

«Wirklich?» Dan versuchte, seine Freude über diese Mitteilung zu verbergen, aber es gelang ihm nicht. «Sie wird dasselbe von uns beiden sagen. Außerdem gefiel sie dir doch so gut. Ihr könnt ja nicht mehr weiterleben, wenn ihr euch nicht bald wiederseht. Es hat mich unsäglich gefreut, das zu hören. Deswegen habe ich sie zu Otmars Fest eingeladen.»

Rita sah aus wie eine wütende Königskobra.

«Otmar wird sich schön bedanken.»

«Das glaube ich nicht. Er hat was übrig für branchenkundige Mädchen. Und sie kann dich knipsen, wenn du spärlich bekleidet bist. Nichts geht über liebe Erinnerungen.»

Rita stürzte sich auf ihn. Sie balgten sich eine Weile herum, bis er sie zu fassen kriegte und heftig auf den Mund küsste. Ich setzte mich aufrecht und sah ihn missbilligend an.

Ein Wüstling war er schon. Eva im Herzen und die andere auf dem Schoß.

Rita wechselte die Taktik und machte in schmollender Zärtlichkeit. Sie kam allerdings nicht weit damit, weil der Haushofmeister klopfte und meldete, es sei angerichtet. Das hörte ich gern. Schließlich waren wir zum Essen hergekommen und nicht zum Schäkern.

Rita stolzierte an Dans Arm hinunter, und ich trippelte hinterdrein. Wir gelangten wieder in die Ebenholzhalle. Der Geruch von Steaks war unverkennbar, wenigstens für meine Nase. Wir betraten einen großen Raum, in dem Ritas Eltern saßen. Er hatte weißes Haar und ein dickes rotes Gesicht mit gemütlichen Augen. Mit ihm würde man reden können. Sie war eine ältere Ausgabe ihrer Tochter. So würde Rita in fünfundzwanzig Jahren aussehen, immer noch schlank, aber eckiger, die grauen Strähnen im satten Blond übermalt, kleine Fältchen um die Sternaugen, feine Narben von der ersten Hautstraffung an den Haargrenzen und schärfere Linien im Gesicht.

Dan trat auf sie zu, küsste ihr die Hand mit Grazie und reichte ihr den Rest der kostspieligen Rosen.

«Oh», sagte sie mit Ritas Lächeln, «das wäre aber wirklich nicht nötig gewesen!»

Ganz meine Ansicht, dachte ich.

«Ich danke für Ihre Einladung», sagte Dan. Der Hausherr erhob sich und schüttelte ihm die Rechte.

«Nett, dass Sie uns wieder mal besuchen. Wie geht's?»

Dan sagte, es ginge. Ich war herangekommen und setzte mich in einigem Abstand auf den Teppich. Dan nannte meinen Namen und wies auf meine Ahnenreihe hin. Auf einen Wink des Hausherrn öffnete der Butler eine Tür: Herein stürzte ein schwarzer Pudel.

«Besuch, Moritz», sagte Herr van Eck.

Ich empfand Mitleid mit Moritz. Er sah aus, als wäre er unter die Straßenbahn gekommen. Auf dem Rücken hatte er überhaupt kein Fell, nur auf dem Kopf war ein steiler Rest übrig geblieben. Um die Knöchel trug er die Locken wie Pulswärmer, und sein Schwanz glich einem Staubwedel.

Er blieb ruckartig vor mir stehen, und seine Haut zitterte, als ich an ihm schnupperte. Er konnte kaum zwischen seinen Stirnfransen durchgucken, aber seine schwarzen Augen waren sanft und gutmütig. Weder mir noch sonst jemandem würde er etwas tun.

Eine Flügeltür öffnete sich, und nebenan wurde der gedeckte Tisch sichtbar. Neben den Tellern glitzerte das Silber. Die Servietten bildeten kunstvolle Pyramiden. Mir wurde weh ums Herz, als ich an unser Tafelaluminium und die derben Teller dachte. Geld müsste man haben!

Dan bekam seinen Platz Rita gegenüber. Der Haushofmeister servierte mit lautloser Eleganz. Ich saß neben Moritz in gebührender Entfernung vom Tisch. Der Duft der Suppe ließ mir das Wasser über den Gaumen laufen. Aber Moritz blieb eisern sitzen, und auch ich wagte nicht zu betteln. Es hätte ein schlechtes Licht auf Dan geworfen. Also verharrte ich, Stolz in der Miene und Hunger im Bauch.

Nach der Suppe gab es duftende Pasteten mit Ragout. Moritz' Staubwedel fing an zu zittern. Eine Höllenqual! Sie wollten nur sehen, wer von uns zuerst weich werden würde, diese Bande.

Als Nächstes erschienen die Steaks auf einer riesigen silbernen Platte. Mir begannen die Sinne zu schwinden. Dan belud sich schamlos den Teller mit Pilzen. Im nächsten Augenblick brach des Pudels Widerstand zusammen. Er stand auf, schnüffelte hörbar, tänzelte auf den Tisch zu und erhob seine Samtaugen zu Dan, der ihm am nächsten saß. «Na», fragte Dan mit Schadenfreude, «hast du Hunger?»

Frau van Eck blickte mit ärgerlicher Entrüstung auf ihr verschorenes Haustier.

«Moritz! Du bettelst doch nicht etwa?»

Nein, er will um deine Hand anhalten, dachte ich.

«Nimm dir ein Beispiel an ...»

Zu spät! Auch mich hatte die Kraft verlassen. Die Steaks zogen mich zum Tisch wie ein Magnet eine Stecknadel. Immerhin hatte ich zehn Sekunden länger ausgehalten.

Jetzt erfasste Herrn van Eck Mitleid mit uns. Er rief den Butler.

«Wolters – bewirten Sie die beiden Herren in der Küche!» Wolters forderte uns mit höflicher Miene auf, ihm zu folgen. Wir trabten über eine kühle Treppe nach unten. Aus der Küche erscholl fröhliches Gelächter. Eine rundliche Köchin und ein Mädchen mit frecher Stupsnase und kessem Mundwerk begrüßten uns mit Freudengeschrei. Jeder von uns bekam einen Teller, fabelhaft garniert, fast wie die der Herrschaften. Fehlte nur noch, dass sie mir Messer und Gabel und eine Serviette gegeben hätten.

Während wir futterten, stärkte sich Wolters mit etlichen Cognacs aus einer Flasche seines Arbeitgebers. Ich nagte meinen Knochen ab, bis er aussah wie die Stoßstange eines Autos. Dann wechselten Moritz und ich die Plätze und inspizierten jeder den Teller des anderen. Aber da war nichts mehr zu holen.

Jeder trank etwa einen halben Liter Milch. Mein Bauch blähte sich auf wie ein Luftballon.

Oben schien man auch mit dem Essen fertig zu sein, denn Wolters entschwand, nachdem er einen Strich an die Cognacflasche gemacht hatte. Die Köchin stellte eine glitzernde Eisbombe in den Speiseaufzug. Dann begann es nach Kaffee zu riechen. Allmählich verstand ich, warum Dan sich Rita warmhielt. Nur von der Liebe konnte man nicht leben.

Wir verabschiedeten uns dankbar vom Küchenpersonal und zogen uns wieder in die oberen Gemächer zurück.

Man saß im Wintergarten hinter den Kaffeetassen. Dan rauchte eine dicke Zigarre. Er schien nach dem guten Essen etwas müde zu sein. Mir ging es ähnlich. Ich legte mich auf ein Eisbärenfell im Esszimmer zur Ruhe. Durch die Tür konnte ich die Stimmen hören.

«Was sind Sie eigentlich jetzt?», fragte Ritas Mutter, so direkt, wie Frauen eben fragen.

«Kriminalkommissar», antwortete Dan.

«Wie interessant! Und was verdienen Sie da?»

«Wenig, gnädige Frau. Der Weg zum Polizeipräsidenten ist mit mageren Einkünften gepflastert.»

Frau van Eck schwieg, und dieses Schweigen schien mir ihre Geringschätzung für minderbemittelte Schwiegersöhne zum Ausdruck zu bringen. Sehr günstig!

«Wie alt sind Sie?»

«Zweiunddreißig», antwortete Dan wahrheitsgemäß.

«Über dreißig und noch nicht verheiratet?»

«Es nimmt einen ja niemand», sagte Dan betrübt. «Und nette Schwiegermütter sind so selten.»

«Schwiegermütter», rief Herr van Eck fröhlich, «da fällt mir ein feiner Witz ein! Ein Mann kommt zum Tierarzt. ‹Herr Doktor›, sagt er, ‹morgen kommt meine Schwiegermutter mit der Hündin. Können Sie sie vergiften?› – ‹Herr!›, brüllt der Tierarzt. ‹Wie kommen Sie mir vor? Und außerdem: Wie soll das arme Tier allein nach Hause kommen?›»

Herr van Eck lachte am lautesten, Dan etwas verhaltener.

«Otto!», sagte die Dame des Hauses nur – und die Herren verstummten.

«Dan, hast du dir meinen Vorschlag überlegt?», fragte Rita mitten hinein in das Klirren des Porzellans. Ich schloss meine Augen, um besser hören zu können. Eva, steh ihm bei!

«Das habe ich», sagte Dan ruhig. «Um das machen zu können, müssten wir mindestens verlobt sein. Das sind wir nicht. Ich glaube, auch deine Eltern sind dieser Ansicht.»

Das war ein mannhaftes Wort! Ich hatte befürchtet, er würde herumreden wie die Katze um den heißen Brei und mit einem halben Versprechen den Rückzug antreten. Nichts davon! Mein Verdienst und das von Eva! Ihr Bild saß wie ein Riegel vor seinem Herzen, und Rita samt all ihrer Pracht und Mitgift blieb draußen.

Herrchen hatte auch äußerst geschickt geantwortet. Sie konnten ihm schwerlich einreden, es sei nichts weiter dabei, sich mit Rita vier Wochen herumzutreiben. In ihren Kreisen ging das nicht so einfach. Vermögen hat auch Nachteile. Sie konnten ihn auch nicht zur Verlobung drängen. Das wäre demütigend für Rita gewesen. Außerdem hatte ich das Gefühl, dass Frau van Eck von dem Gedanken an eine Heirat nicht begeistert war. Dan gefiel ihr schon; aber Kaufleute bleiben lieber unter sich. Immerhin konnte man Dans Antwort so auffassen, als wollte er sich doch ganz gern verloben. Frau van Eck schien das herausfinden zu wollen, denn sie sagte: «Ja. Der Ansicht bin ich allerdings.»

«Siehst du!» Dan sprach zu Rita. «Du wirst wohl doch allein fahren müssen.»

Deutlicher ging es nicht. Mir tat Rita schon wieder leid. Sicher hatte sie sich ehrlich gefreut, und sicher liebte sie Dan auf ihre Art. Frauen sind komisch. Wenn sie sich einen Mann in den Kopf gesetzt haben, ist da nichts zu machen.

Eine peinliche Pause war entstanden. Herr van Eck beendete sie.

«Erlaubt ihr, dass ich mit Herrn Nogees einmal durch den Garten gehe? Die Viecher nehmen wir mit.»

«Ja, das ist recht. Euer Zigarrenqualm ist keine reine Freude.» Rita sagte nichts.

Herr van Eck rief uns. Moritz war eingeschlafen und rappelte sich mit verklebten Augen hoch. Vom Wintergarten aus konnte man durch eine Glastür ins Freie. Ich lief an Rita vorüber. Ihr Gesicht war blass und hochmütig, und ihre Mundwinkel zuckten.

Der Park lag in grüner Pracht. Er war etwa doppelt so groß wie der meines Geburtshauses, aber längst nicht so schön und verwildert. Die Luft war schwül, und es roch nach Regen.

Unsere Herren gingen qualmend einen sandigen Weg hinunter. Ich blieb in der Nähe, um verstehen zu können, was sie redeten. «Herr van Eck», fing Dan nach einer Weile an, «wenn ich Rita gekränkt habe, tut es mir leid. Ich lasse mich nicht gern heiraten. Diese Reise ist der Anfang davon.»

Der Fabrikant zog an seiner Zigarre.

«Rita ist ein gutes Mädchen», sagte er nachdenklich. «Bisschen dickköpfig. Hat sie von meiner Frau. Von mir natürlich auch. Einziges Kind. Schwer verzogen. Na, Sie wissen ja.»

Er schwieg. Dan wartete. Ich strich um sie herum wie eine Wanderratte.

«Sie hat einen Narren an Ihnen gefressen. Wo die Liebe hinfällt, da brennt's. Sie ist gewohnt, immer alles zu kriegen, was sie haben will. Vielleicht ganz gut, wenn sie lernt, dass es Dinge gibt, die man nicht kaufen kann.»

Schade um diesen Schwiegervater, dachte ich. Wer weiß, was Eva für einen anbringt. Zu dumm, dass nie alles Gute beisammen ist. Dan schien dasselbe zu empfinden.

Herr van Eck blieb plötzlich stehen. Er nahm seine Zigarre aus dem Mund, und das Lächeln verschwand aus seinem Gesicht. «Warum wollen Sie Rita nicht heiraten?»

Ich kam näher. Mein Herz fing an zu klopfen.

«Ich will meinen Beruf nicht aufgeben.»

«Brauchen Sie nicht.»

«Ich will nicht von Ritas Geld leben – beziehungsweise von Ihrem.»

«Sie kriegen keins.»

«Dann kriegt es Rita. Kommt auf dasselbe raus. Mit meinem Gehalt kann ich ihre Ansprüche nicht befriedigen. Sie wird ihren Standard beibehalten und meine Arbeit als Zeitvergeudung ansehen. Ich bin kein Prinzgemahl.»

«Das sind große Worte», sagte der Fabrikant.

«Mag sein. Das ist auch noch nicht alles.»

«Und?»

«Die Liebe langt nicht zum Heiraten.»

Herr van Eck stieß eine Rauchwolke von sich.

«Die Liebe, mein Junge, vergeht sowieso. Oder sie kommt mit der Zeit.»

«Wenn das so wäre, Herr van Eck», sagte Dan, «dann könnte sich Rita mit verbundenen Augen irgendjemanden aussuchen und heiraten. Dann braucht sie mich nicht.»

Der alte Herr sah ihn lange an. Sein Gesicht verzog sich, und er zwinkerte wie ein listiger Faun.

«So. Na, und wie heißt das andere Mädchen?»

Dans Mund öffnete sich ein wenig. Ziemlich einfältig sah er in diesem Augenblick aus. Dann lächelte auch er.

«Das andere Mädchen heißt Eva», sagte er leise.

Herr van Eck nickte schmunzelnd.

«Eva. Hm. Sie sind ein ehrlicher Kerl, Daniel. Ich freue mich, dass Sie so sind. Was glauben Sie, welchen Gestalten ich unter Ritas Verehrern schon begegnet bin: Abziehbildern und Mitgiftjägern.»

Sie setzten ihren Weg fort. Ich lief davon. Was ich hören wollte, hatte ich gehört. Dan war durch.

Ich kann nicht sagen, wie der Nachmittag noch verlaufen wäre, wenn ich mich nicht davongemacht hätte. Durch das, was mir geschah, zog ich die allgemeine Aufmerksamkeit auf mich und lenkte sie von Dan ab. Vielleicht war es gut so. Aber beinahe wäre es mein letzter Spaß geworden.

In der Mitte des Rasens stand Moritz. Er schwenkte seinen Staubwedel und grinste mich an. Dans Worte hatten mich in die beste Laune der Welt versetzt. Ich flitzte auf Moritz los. Er sprang zur Seite, und dann jagten wir uns im Kreise herum und durch das duftende Gras.

Ein paarmal blieb er plötzlich stehen und machte Front, und dann kugelten wir übereinander. Es war herrlich. Wir gerieten zwischen Bäume und Unterholz. Die Zweige schlugen uns um die Ohren, und der Sand spritzte unter unseren Pfoten. Moritz kannte das Gelände besser als ich, aber ich schlug geschicktere Haken. Gerade versuchte ich, wieder einige Locken aus seiner Schwanzquaste zu reißen, als ein kleines weißes Bündel an uns vorüberschoss.

Ein wildes Kaninchen!

Wir warfen uns herum und sausten hinterher. Die Jagdinstinkte meiner Ahnen erwachten in mir. Ich sah keine Bäume, keinen Himmel mehr. Nur noch einen roten Schleier und dahinter das Kaninchen.

Es schlug so wilde Haken, dass Moritz und ich mehrfach wie zwei Lokomotiven aufeinanderprallten. Das Karnickel gewann an Boden. Aber es war noch sehr jung und lief etwas planlos. Ich kam nahe heran und war drauf und dran, es zu schnappen, als Moritz, dieser Trottel, von der Seite auf uns losstürzte und mich über den Haufen rannte.

Wutentbrannt rappelte ich mich auf. Das weiße Bündel war etwa fünf Meter vor mir. Bevor ich heran war, verschluckte es der Boden wie ein Nachtgespenst.

Der Bau! Kruzitürken, jetzt war es weg!

Im nächsten Augenblick hatte ich die Röhre gefunden. Sie war lausig eng, aber ich hatte zu dieser Zeit meine volle Größe noch nicht erreicht. Ich tauchte hinein.

Es war stockfinster. Der Sand rieb sich von allen Seiten in mein Fell. Das Rohr lief flach unter dem Boden entlang. Ich war etwa einen halben Meter drin, als ich auf einen eisernen Ring stieß. Ein Stück Ofenrohr! Ich wusste von meinem Vater, dass die Kaninchen alles Mögliche in ihre Appartements einbauen. Es wurde noch enger und auch unangenehm kalt, aber der Geruch, den ich vor mir witterte, trieb mich voran wie einen Aal durch die Reuse.

Und dann war der Bart ab!

Ich stand in einer spindelartigen Erweiterung des Ganges. Vor mir führte ein einziges Rohr in die Tiefe. Es war halb mit Erde zugeschüttet, sodass ich nur mit dem Kopf hineinkam. Die Schultern gingen nicht durch. Ich fing an zu wühlen, presste mich mit aller Gewalt hinein: Da krachte der Schacht zusammen, feuchter Sand sperrte mir die Luft ab.

Ich stemmte die Pfoten ein und schob mich zurück. Nichts wie raus!

Ja, Scheibenhonig. Ich stieß an die Ofenröhre. Von vorn war ich reingekommen. Mit dem Hinterteil zuerst ging es nicht. Ich versuchte es auf jede erdenkliche Weise. Nichts zu machen. Umdrehen konnte ich mich auch nicht. Durch den Sand, den ich hinter mich geworfen hatte, war die Röhre so eng geworden, dass ich nicht herumkam. Ich versuchte, ihn wegzuräumen, erreichte aber nur, dass er sich hinter mir anhäufte und das Ofenrohr noch mehr verstopfte.

Gute Nacht!

Ich hielt inne und kauerte mich zusammen. Erst jetzt ließ der Rausch des Jagdfiebers nach. Meine Lunge pustete wie ein Blasebalg, und das Herz dröhnte mir gegen die Rippen. Noch bekam ich genügend Luft, aber wie lange? Wenn der Rest des Schachtes einbrach, brauchte ich nur noch die Augen zuzumachen.

Ich verfluchte das Kaninchen und den unbegabten Moritz. Von draußen klang sein Gebell. Er hatte es gut, er stand in Licht und Luft, und ich saß hier drin wie ein Korken in der Flasche und konnte weder vor noch zurück.

Als mein Puls langsamer ging, versuchte ich noch einmal, rückwärts in das Ofenrohr zu kriechen. Vergebens. Ein Stück weit kam ich rein, dann war's aus. Der Sand rieselte bedrohlich. Die Luft wurde stickiger.

Mit einem Schlag verließ mich aller Mut. Wenn sie mich nicht rausholten, musste ich ersticken. Diese Höhle würde mein Grab werden, und niemals würde ich die Sonne wiedersehen. Dan und Eva! Jetzt, wo alles in Ordnung war, jetzt sollte ich fort von euch. Warum nur?

Ich schloss die Augen, um sie vor den Sandkörnern zu schützen, und presste mich zitternd auf den Boden. Wie lange würde der Schacht noch halten?

Durch Moritz' Gebell klang hastiges Stimmengewirr. Der Sand verschluckte die Worte. Ich konnte sie nicht verstehen. Dann kam ein anderes Geräusch, ein Kratzen und Wühlen. Sie suchten nach mir! Meine Furcht verschwand.

Eine Ewigkeit blieb ich bewegungslos sitzen und lauschte dem Knirschen des Sandes. Das Ofenrohr hinter mir bewegte sich und rutschte mit einem schleifenden Laut nach hinten. Ich stemmte mich mit aller Kraft zurück, bohrte mich in den Sand, kam nicht weiter. Der Schacht vor mir brach ein. Klebrige Erde presste meinen Körper zusammen. Ich bekam keine Luft mehr. Wie ein donnernder Wasserfall brauste es in meinen Ohren. Das Letzte, was ich fühlte, waren Dans große, warme Hände, die mich umfassten und aus der Klammer des Sandes rissen.

Sie hielten mich noch, als ich wieder zu mir kam.

Dan hatte den Rock ausgezogen und presste mich an sein weißes Hemd. Wir waren beide über und über mit Schmutz bedeckt. Es regnete in Strömen. Die Tropfen klatschten durch die Blätter auf mein Fell, in Dans Gesicht und über sein Hemd. Ich sah die aufgewühlte Erde und das Blechrohr.

Dicht bei uns stand Herr van Eck unter einem Schirm. Er hielt einen Spaten in der Hand, dessen Blatt unbenutzt und blank war. Dan hatte mich mit seinen Händen ausgegraben.

Es dauerte einige Tage, bis ich mich von der Geschichte erholt hatte. Wie wir nach Hause gekommen sind, weiß ich nicht mehr. Ich war vollständig erledigt. Ich hatte mich erkältet, musste andauernd niesen und träumte ständig von Kaninchen, drückender Erde und Sand in den Nasenlöchern.

Dans Hemd war zum Teufel, und der Anzug musste in

die Reinigung. Dennoch hatte Herrchen nicht geschimpft und nichts gesagt. Ich nahm mir vor, ihm keinen Ärger mehr zu machen ...

Genau eine Woche nach meinem Abenteuer im Kaninchenbau rüsteten wir uns für Otmars Fest. Wir waren großartiger Laune. Eva hatte zugesagt. Wir durften sie auch noch abholen, ihr Wagen stand zur Inspektion in der Werkstatt.

Dan hatte ein paar Schnäpse zum Anwärmen zu sich genommen. Er stand vor dem Spiegel und probierte sein Kostüm an. Er sagte, er ginge als Pariser Zuhälter, aber ich konnte mir darunter nichts vorstellen. Zu einer dunklen Hose trug er ein buntes Ringelhemd, darüber eine alte rotweinbekleckerte Frackweste und auf dem Kopf einen schäbigen Zylinder. Um den nackten Hals hatte er eine schwarze Fliege geschlungen. Die Zigarette steckte er schief in den Mundwinkel und versuchte, eine brutale Miene aufzusetzen. Ganz schaffte er es nicht.

Anschließend kam ich dran. Er zog mir eine Papiergirlande um den Hals und kreuzweise zwischen den Vorderbeinen durch und verknotete sie auf dem Rücken. Ich erhielt einen kleinen flachen Papphut, den ein Gummiband festhielt. Anstelle des Halsbandes hängte er mir eine Schokoladenschnapsflasche in Goldpapier um. Ich sah aus wie eine Schießbudenfigur. Das Gummiband unter dem Hals störte mich. Dan schob mir den Hut ins Genick, da ging es besser.

Es war halb acht. Dan goss noch einen gewaltigen Rum in sich hinein. Dann löschte er das Licht, und wir verließen die Wohnung. Auf der Straße lachten ein paar Leute über uns. Ich würdigte sie keines Blickes.

Evas Fenster waren erleuchtet. Dan ließ seine heisere Hupe ertönen. Eva winkte herunter, aber es dauerte doch noch zehn Minuten, bis sie in der Haustür erschien. Sie trug ihren Mantel hochgeschlossen und einen goldenen Stern im Haar. Als sie unserer ansichtig wurde, fing sie an zu lachen.

«Da gibt es nichts zu kichern», sagte Dan mit finsterer Miene. «Ich bin Gaston, der Schrecken vom Montmartre, und noch vor Mitternacht werde ich dich an einen Millionär verleihen, schönes Waisenkind.»

Eva deutete auf mich. «Und wer ist das?»

«Pluto, mein Leibwächter. Beim geringsten Fluchtversuch zerreißt er dich in Atome!»

«Komm auf meinen Schoß, Pluto!»

Ich tat es, und dann ratterten wir davon.

Bei Otmar hörten wir den Lärm schon im Treppenhaus. Dan klingelte unten. Ich jagte die Treppe hinauf. Oben stand Otmar an der Treppe und sah mich kommen.

«Ha», rief er, «ein reitender Bote! Tritt näher, Freund!» Ich konnte vor Lachen nicht weiter. Otmar trug seine gewohnten Wandervogellatschen. Dann kamen raue Stachelbeerbeine und eine uralte speckige Lederhose. Über die Brust hing ihm ein langer Bart, der sich in der Mitte teilte und unter den Achseln durchgezogen war. Mehr hatte er nicht an. Nur noch eine Perücke von der Farbe des Bartes und gewaltige Augenbrauen, die seine blitzenden Augen noch besser zur Geltung brachten. Er schwang eine Holzkeule gegen mich, und ich sprang an ihm hoch und begrüßte ihn.

Dan und Eva kamen heran.

«Grüß dich, Waldschrat!», rief Dan.

«Dich auch, Herzbruder!», sagte Otmar.

«Hier hab ich was für deine Räuberhöhle. Eva, das Waisenkind!» Otmar umarmte sie und zog sie an seinen Bart.

«Sei willkommen, Nachtblume! Deine Schönheit wird alle Winkel erleuchten.»

Wir traten ein.

Die Wohnung war verzaubert. Otmar hatte gemalt wie eine ganze Zeichenklasse. Überall hingen grinsende Fratzen, Mädchen ohne störende Textilien, Männer mit harter Schlagseite und windschiefe Phantasielandschaften. Durch farbige Lampions strahlte das Licht sämtlicher verfügbarer Birnen. Aus dem Atelier hatte er eine Unterwasserbar gemacht. Ein grünes Gewirr von Papierstreifen hing von der Decke und wurde durch einen Ventilator in wellenähnliche Schwingungen versetzt. Die Sitzgelegenheiten waren an den Wänden verteilt. Hinter einem Bartisch mit Schiffsglocke und Positionslaternen stand Johnny Wieland, angetan als Kampfschwimmer, mit Schwimmflossen und hochgeschobenem Augenschutz.

«Hallo, Dan!», rief er. «Was spricht man in Zuhälterkreisen?»

«Man stöhnt über die Unkosten», antwortete Dan. «Eva, dieser versoffene Froschmann ist Johnny!»

Eva hatte sich inzwischen aus ihrem Mantel geschält. Ich vergaß sogar das lästige Gummiband am Hals bei ihrem Anblick.

Sie trug einen knappen, ärmellosen Pullover und einen engen, geschlitzten Rock über den nackten Beinen. Ganz in Schwarz, aber ringsherum mit weißen und roten Händen bedeckt. Es sah aus, als griffen sechs Männer zugleich nach ihr.

«Donnerkiel», staunte Dan ergriffen. «Für dich gibt mir mein Mädchenhändler das Dreifache!»

Johnny machte Stielaugen. Man sah es ihm an, wie gut ihm Eva gefiel.

«Glotze nicht, sondern gib uns was zu trinken, du Sohn einer Miesmuschel!», befahl Otmar. «Putzi – wo bist du?»

Ein zweites Mädchen kam herein. Auch ein ganz süßes Kind, schlank wie eine Säule und mit einem Gesicht wie Marzipan. Über diesen Voraussetzungen trug sie ein unmögliches Kostüm, ein hängendes, kurzes Kleid mit tiefer Taille, einen Glockenhut, und um den Hals hatte sie sich eine unechte Perlenkette gewickelt. «Miss 1928», sagte Otmar. Sie begrüßte uns alle und lachte furchtbar über mich.

Wir setzten uns an die Bar. Ich kam auf einen Stuhl zwischen Dan und Putzi. Es stellte sich heraus, dass außer uns fünfen noch niemand da war. Otmar hatte mit Johnnys und Putzis Hilfe die Dekoration aufgebaut und einen Punsch angesetzt. Dabei hatten sie reichlich gekostet. Putzi plapperte und kicherte ununterbrochen, und auch die beiden Herren hatten schon glänzende Ohren.

Ich bekam eine warme Wurst aus einem Eimer, in dem ein Tauchsieder hing. Die anderen ernährten sich flüssig. Über uns schaukelten die Papieralgen, und der Duft von Tabak und Parfüm benebelte uns. Es war herrlich.

Dann klingelte es anhaltend. Paul und Gerda kamen an, als Harlekin und Colombine, wie aus einem Wanderzirkus entflohen. Hinter ihnen trottete Ralf, mein Herr Bruder. Ich fiel bei seinem Anblick fast vom Stuhl.

Sie hatten ihm ein gestricktes Wams angezogen, rosafarben, mit blauen Schleifchen und kleinen Bommeln am Hals. An den Ohren trug er Bernsteinclips. Inmitten des

Gelächters saß er betreten da und versuchte, sie mit den Pfoten abzustreifen. Ich war froh, dass Dan nicht auf diese Idee gekommen war. Da war das Hutband noch leichter zu ertragen.

Mit dem nächsten Klingeln erschien Rita. Ich war etwas in Sorge, wie die Begegnung zwischen Dan und Rita verlaufen würde. Aber es ging alles glatt. Rita ließ sich den vergangenen Samstag nicht anmerken. Sie passte zur Einrichtung, denn sie kam als Meerjungfrau mit grünem, eng anliegendem Schuppengewand. Im Haar hatte sie einen stachligen Seestern, und im Ausschnitt baumelte ein Smaragdanhänger, der im Gegensatz zu Putzis Perlen durchaus echt war.

Eugen, der Süffige, und seine Freundin Rosel kamen als Letzte. Er war ein muskulöser Hawaii-Insulaner mit Blütenkranz und Baströckchen, und sie ging als verschämtes Sterntalermädchen mit kurzem weißem Kleidchen und sah so hilfsbedürftig aus, dass Dan sie sofort in den Arm nahm und sie ob ihres schweren Schicksals tröstete.

Jetzt waren alle da, und der Lärm nahm entsprechend zu. Otmar holte den Punsch aus der Badewanne ...

«Rübezahl, Geist des Riesengebirges», rief der Clown Paul, als er getrunken hatte, «das ist ein Getränk für Sonnensöhne! Lasset uns anstoßen auf den Veranstalter dieser Veranstaltung, der Tag und Nacht Schinken gemalt hat, um unseren Durst zu stillen!»

Sie tranken auf das Wohl des Malers Otmar.

«Puh, ist das stark», sagte Rosel mit klappernden Lidern. Sie hielt mir ihren Becher hin, aber ich verzichtete. Paul nestelte ihr einen Sterntaler vom Kleid und pappte ihn sich auf die Stirn. Johnny stellte das Radio an, zog seine

Schwimmflossen aus und griff nach Eva. Sie tanzten einen wilden Boogie in der Mitte des Zimmers, und die anderen klatschten im Takt. Eva wirbelte an Johnnys Arm herum. Dan sah mit verklärtem Gesicht zu und schien alles um sich vergessen zu haben.

«Dein Waisenkind hat Musik in der Bluse», sagte Otmar zu ihm. «Ja. Die harte Jugend scheint ihr nicht geschadet zu haben.» Er stand auf, zog Rita zu sich empor und folgte Johnnys Beispiel. Ich fand das sehr vernünftig. Wäre dumm gewesen, wenn er sie vernachlässigt hätte.

Alsbald wirbelte alles durcheinander. Ralf und ich hatten Mühe, den hurtigen Füßen auszuweichen. Wir sprangen auf zwei Hocker und sahen von dort aus zu. Eugen mit dem Bastrock hatte Miss 1928 beim Wickel, Otmar drückte die zierliche Gerda an seine nackte Brust, und Paul mit seiner großkarierten Kasperluniform flüsterte dem Sterntalerkind neue Märchen ins Ohr.

Der Boogie war zu Ende, und sie sanken erschöpft auf die Stühle. Johnny zog Eva zur Bar und füllte ihr einen ein.

«Nicht so viel!», rief sie.

«Komm, arme Waise», sagte Johnny, «heute habe ich meinen sozialen Tag! Trink und vergiss, dass du keinen Vater hattest!»

«Sauft nicht immer allein», schimpfte Dan. Er schob Rita neben Eva und lehnte sich gegen den Bartisch. «Los, verkauf uns einen, oder wir werfen dich ohne Sauerstoffgerät in die Isar, du Gummipirat!»

Man stieß miteinander an. Der nächste Tanz begann. Dan holte sich Eva. Sie sprachen nicht, guckten sich nur in die Augen. Ab und zu warf Eva einen lächelnden Blick zu mir, und ich erwiderte ihn und wedelte zart.

Während der Pause wurden die Würstchen aus dem Eimer verteilt. Ralf und ich kriegten wieder eine Wurst ab. Danach hatten wir Durst und gingen in die Küche, um Wasser zu trinken. Beruhigend viele Lebensmittel standen noch auf dem Tisch.

Auf dem Rückweg inspizierten wir die Nebenräume. Otmar hatte sie als Ausweichlager vorgesehen und ebenfalls dekoriert. Eugen und Rosel waren schon ins Fremdenzimmer ausgewichen und küssten sich dort. Als wir die Köpfe durch den Türspalt steckten, ließ Eugen von ihr ab und zog einen Holzdolch aus seinem Baströckchen.

«Spione!», rief er. «Sie sollen mir nicht lebend vom Platze! Kommt her, damit ich euch schlachten kann.»

Wir kamen heran, und Rosel fütterte uns mit Cremehütchen. Dann küssten sie sich weiter.

Drinnen ging der Punsch zur Neige. Der Erfolg war entsprechend. Die Pärchen stützten sich gegenseitig. Ich hatte das Gefühl, dass Rita doch heimlichen Kummer mit sich herumtrug. Zumindest hatte sie allerhand getan, um ihn zu betäuben.

Hoffentlich bekam ihr das gut!

Ralf und ich kämpften uns wieder zu unseren Hockern durch; Ralf quiekte, als Paul ihm aus Versehen auf seine verlängerte Wirbelsäule trat.

Inzwischen war die Luft ziemlich dick geworden. Otmar verkündete eine Kaffeepause und riss die Fenster auf. Putzi und Gerda machten in der Küche Kaffee und balancierten die Tassen und eine riesige kalte Platte herein. Man stärkte sich mit Schinkenbroten. Ralf und ich bekamen den Schinken ohne Brot, weil unsere Mägen kleiner waren.

Anschließend ging der Wirbel wieder weiter, und ich

selbst verlor die Übersicht, obwohl ich gar nichts getrunken hatte. Ralf meinte, auch wir müssten etwas zur Erheiterung beitragen, er riss mir meine Schnapsflasche vom Hals und fraß sie zum Nachtisch. Ich stürzte mich auf ihn und zog an seinen Bommeln. Er verlor die Clips und zerstörte mir meine Bauchgirlande. Dafür spulte ich sein Strickjäckchen auf. Gerda rang die Hände, und Paul schlug mit einer Pappklatsche nach uns.

Gegen halb zwei kam die Stunde der Wahrheiten. Alle sprachen miteinander und sagten sich, was sie schon längst hatten einander sagen wollen. Ich bemerkte mit Freude, dass Eva sich mit Rita unterhielt. Sie schienen sich ganz gut zu verstehen. Schließlich tranken sie miteinander Brüderschaft. Na, wunderbar!

Eugen stand zwischen Dan und Otmar an der Bar und hielt einen Vortrag über den unaufhaltsamen Niedergang des Gaststättengewerbes. Johnny hatte Putzi auf dem Schoß und versuchte unentwegt, sie auf sämtliche freien Stellen zu küssen. Gerda, Rosel und Paul spielten mit uns. Von meinem Kostüm war nur noch der Hut übrig geblieben. Ralfs Wollsakko sah aus wie ein älterer Topflappen. Rosel kam zu dem Entschluss, für Eugen und sich auch einen Abkömmling unseres Stammes zu kaufen, so sehr war sie von uns begeistert.

Allmählich nahm die Trunkenheit zu. Als Erste erwischte es Rita. Die Brüderschaft mit Eva hatte ihr den Rest gegeben. Sie wurde genauso grün wie ihr Kostüm. Gerda brachte sie hinaus, blieb einige Zeit weg und verkündete dann, sie habe sie im Fremdenzimmer aufs Bett gepackt und es würde schon vorübergehen.

Mein wackerer Herr hatte auch ganz schön einen in der

Krone. Er ließ Johnny nicht mehr an Eva heran und verschwand plötzlich mit ihr. Ich schlich hinterher. Im Esszimmer fand ich sie wieder.

Es war dunkel dort, und ich sah nur ihre Schatten vor dem nachtblauen Fenster. Sie standen eng beieinander und küssten sich bedeutend intensiver als vor einer Woche in unserer Wohnung.

«Ich liebe dich», sagte Dan. Es klang schön, obwohl es sicher schon oft gesagt worden war auf dieser Welt, und es gefiel Eva. Sie stellte sich auf die Zehenspitzen und umarmte Dan, dass es aussah, als stünde nur ein einziger Mensch vor dem Fenster.

Ich kroch unter dem Tisch durch, bis ich unmittelbar neben ihnen war. Dann stellte ich mich aufrecht und berührte sie mit den Pfoten. Eva stieß einen leisen Schrei aus.

«Nicht erschrecken», sagte Dan. «Pluto, der Höllenhund. Unser Trauzeuge.»

Er fasste mich am Nackenfell. Ich landete auf Evas Armen. Dan schob sich wieder heran, und nun berührten ihre Gesichter meinen Rücken, und ihre Worte strichen darüber hin. Ich gehörte zu ihnen.

«Ihm verdanken wir unser Glück», sagte Dan.

«Ich werd's ihm nie vergessen», antwortete sie.

Ihr weiches, schönes Gesicht lag an meinem Körper. Ich spürte den Duft ihres Haares und konnte Dan nachfühlen, was er empfand. Sie küssten sich über mich hinweg und quetschten mich dabei so zusammen, dass mir die Luft wegblieb.

Dann gingen wir zu den anderen hinüber. Ich wurde müde. Ralf war schon entschlummert. Ich zog mich in einen stillen Winkel zurück und schlief trotz des Lärms ein, kaum dass ich die Augen geschlossen hatte, zufrieden mit den Ergebnissen der Nacht.

Ich erwachte, weil irgendetwas vorging. Der gleichmäßige, einschläfernde Lärm hörte plötzlich auf. Draußen begann es zu dämmern, und der Nachthimmel wich einem fahlen, fernen Blau. Das Atelier war völlig verwüstet. Die Gäste hockten mit bleichen Gesichtern in den Ecken. Die Kostüme hatten teilweise erheblich gelitten. Eugen fehlten etliche Fransen an seinem Baströckchen.

Die Sterntaler von Rosels Kleid waren weg. Dans Fliege saß im Genick statt vor dem Kehlkopf. Der Bart des Gastgebers war überhaupt nicht mehr vorhanden. Putzi, Miss 1928, war zerrupft wie ein entblättertes Gänseblümchen.

Alles das erfasste ich mit einem schnellen Rundblick und sah nun auch den Grund für die allgemeine Aufmerksamkeit: Am Türpfosten lehnte Rita. Sie schien eben erst aufgewacht zu sein und sah zerknittert und angegriffen aus. Zweierlei an ihrer Ausrüstung fehlte. Der Seestern und der Smaragdanhänger.

Ritas Augen wanderten umher, sie lächelte schwach und fasste mit einer unsicheren Bewegung an ihren nackten Hals. «Entschuldigt», sagte sie, «hat einer von euch meine Kette gesehen?» Einen Augenblick herrschte Stille. Dann hob Otmar den Kopf. «Was?», lallte er. «Kette? Ist sie weg?»

«Ja», sagte Rita. «Als ich aufwachte, merkte ich, dass ich

sie nicht mehr hatte. Ich muss sie irgendwo in der Wohnung verloren haben.»

Otmar sah sie an, als hätte er nicht verstanden. Er erhob sich unsicher. Gerda, die bei weitem die Nüchternste war, drückte ihn auf seinen Stuhl zurück.

«Wo bist du denn gewesen?», fragte sie. «Komm, wir sehen nach.»

Sie gingen hinaus. Otmar schüttelte seine unechte Mähne. «Kette weg! So was. Wer weiß, wo sie das Ding gelassen hat. War ja blau wie Indigo. Na, hoffentlich finden sie's.»

Sie fanden es nicht. Gerda und Rita kamen zurück und schüttelten die Köpfe.

«Nichts da!»

Paul dachte an das Nächstliegende.

«Hast du dich übergeben? Vielleicht ist sie dabei ...»

Gerda warf ihm einen tadelnden Blick zu.

«Dabei ist es nicht passiert.»

«Na ja», murmelte er. «Alles möglich. Habe auf diese Art einen guten Füller verloren. Jetzt liegt er in irgendeiner Berieselungsanlage ...»

«Hört zu, Kinder», ließ sich Putzi vernehmen, «morgen räumen wir auf und stellen die ganze Bude auf den Kopf. Dann finden wir sie. Jetzt ist es sinnlos, danach rumzukriechen.»

«Richtig», rief Otmar. «Hick – richtig! Komm auf meinen Schoß, Putzilein, goldiges!»

Sie tat es. Rita ließ sich gleichfalls nieder. Sie bekam einen Kaffee und sah danach wieder besser aus.

Die Helligkeit des Morgens nahm zu. Die Auflösung, die schon sachte um sich gegriffen hatte, war durch die leichte Ernüchterung bei Ritas Auftritt noch beschleunigt worden.

Die Getränke gingen endgültig zur Neige, und die Augen der Teilnehmer wurden immer kleiner.

Eugen, seiner Kneipe und des zusammenbrechenden Gaststättengewerbes gedenkend, kam als Erster zu einem Entschluss.

«Leute», sagte er, «seien wir fesch. Gehen wir!»

Es folgte ein lahmer Protest von Johnny, den niemand beachtete. Trotzdem dauerte es noch eine halbe Stunde, bis sie sich gesammelt hatten.

Otmar wurde neunmal umarmt. Ich weckte den tranigen Ralf. Dann ging ich zu Dan hinüber, der mit Eva sprach.

«Sie kann noch nicht fahren», sagte er. «Sie hat eine Fahne wie ein Kriegerverein. Ihre Mutter wird stocksauer, wenn ich sie so losfahren lasse. Abgesehen von der Kette. Ich bringe sie heim. Du fährst mit Johnny. Ihr habt die gleiche Richtung, wenn ihn seine Wirtin nicht auch schon rausgeworfen hat. Recht so?»

Eva sah ihn ein wenig vorwurfsvoll an.

«Ihr beide seid ja auch blau.»

«Ich bin daran gewöhnt. Außerdem kannst du Johnnys Wagen fahren. Wenn er ein bisschen an der Luft war, kommt er auch weiter. Und morgen – heute Abend sehen Blasius und ich nach dir. Ja?»

«Ja.»

Er küsste sie.

Ich hüpfte an ihr hoch und verabschiedete mich zwei Minuten lang von ihr. Herrchen instruierte Johnny, dem gar nichts Wünschenswerteres geschehen konnte. Er rannte hinunter zu seinem Wagen.

Die Gesellschaft stolperte unter beträchtlichem Gepolter die Treppe hinunter. Auf der Straße nahmen die Abschiedsszenen noch einige Zeit in Anspruch. Johnny ließ Eva ans Steuer. Ritas Wagen blieb stehen. Wir verfrachteten sie in unseren Schlitten und trudelten los. Otmar stand mit nackter Brust auf der Straße und winkte mit der Holzkeule zum Abschied.

Der Luftzug tat wohl. Ich saß in der Mitte, Rita lehnte an uns beiden. Die Straßen waren leer, und der Lärm unseres gewaltigen Motors brach sich an den Häuserfronten.

Der Palast der Familie van Eck lag in völliger Stille.

Dan ließ den Wagen auf der Straße stehen und ging mit Rita die Auffahrt hinauf. Ich sah zu den Bäumen des Parks hinüber, dachte an den Kaninchenbau und schüttelte mich.

Dan küsste Rita unter dem Säulendach, aber nicht so intensiv wie Eva.

«Ich komme um fünf. Wir holen deinen Wagen und sehen nach der Kette.»

Sie nickte. Dann verließ sie uns.

Zwanzig Minuten später lagen wir im Bett und schliefen wie die Murmeltiere.

Auf dem Weg zu Rita sahen wir kurz nach Eugen. Er hatte noch ein paar müde Falten im Gesicht. Dagegen sah Rosel aus wie der lachende Frühling. Ich bekam wieder Cremehütchen. Dan trank ein glitzerndes Bier für seinen Durst.

«War bei Gott ein schönes Fest», sagte Eugen. «Ich bin auch ziemlich voll gewest.»

«Haben sie die Kette gefunden?», fragte Rosel.

«Weiß nicht. Nachher fahre ich hin.»

«Wäre übel, wenn sie weg wäre.»

«In der Tat.»

Bald darauf fuhren wir am Palais vor, und Dan hupte herzzerreißend. Rita kam ziemlich bald, angezogen wie Soraya. «Wie geht's?», fragte Dan.

«Danke. Besser. Mein Gott, war mir schlecht.»

«Saufen will gelernt sein. Komm rein!»

Wir fuhren gemütlich unseren Weg zurück. Ritas Wagen stand, wie wir ihn verlassen hatten.

«Also der ist noch da», sagte Dan.

Oben war aufgeräumt, aber überall lastete noch der trauliche Geruch von kaltem Rauch und verdunstetem Alkohol. Die schöne Bar war nicht mehr da, und die Decke sah ohne Papieralgen nackt und nüchtern aus. Otmar und Putzi tranken Kaffee.

«Grüß euch, ihr Lieben! Nehmt Platz! Putzi, hol Tassen!» Rita sah ihn an.

«Rita, Gefäß der Wonne! Wir haben den ganzen Laden umgedreht. Nichts!»

«Nicht gefunden?»

«Nein. Ihr glaubt nicht, was bei dieser Gelegenheit alles zutage kam. Sachen, die mir seit fünf Jahren fehlen. Nur deine Glasperlen nicht.»

«Ich wünschte, es wären welche», sagte Rita.

«Ärgert mich elendiglich, der Kram. Warum musst du auch so ein teures Ding umhängen! Paar Kastanien am Bindfaden hätten es auch getan.»

Sie schwiegen. Rita dauerte mich. Nichts wie Pech hatte sie in der letzten Zeit.

«Habt ihr den Seestern gefunden?», fragte Dan.

Putzi und Otmar sahen sich an.

«Seestern?»

«Ja. Den Rita im Haar hatte. Als sie wiederkam, fehlte er.»

«Hast du einen Seestern ...?», fragte Putzi ihren Otmar.

«Nein.»

«Ich auch nicht. Wer soll denn ...? War der etwa auch echt?» Rita lachte gezwungen.

«Merkwürdig», murmelte Dan vor sich hin.

Rita trank ihre Tasse leer.

«Putzi, suchst du noch mal mit mir?»

«Natürlich.»

Wir Männer blieben zurück.

«Wo kann das verdammte Familiendiadem bloß hingekommen sein?», fragte Dan.

Otmar zuckte die Schultern.

«Weiß der Teufel. Wahrscheinlich in die sanitären Verhältnisse ... während des Würfelhustens. Mitsamt dem Seestern.»

«Gerda sagt nein.»

«Gerda kann sich irren.» Otmars Blick blieb auf mir haften. «Könnte höchstens sein, dass ...»

«Was?»

«Die Viecher! Haben's irgendwohin verschleppt.»

Verleumdung, dachte ich empört. Ich verschleppe niemals ... fast niemals etwas.

«Hm. Trotzdem müsste es hier sein. Auf der Straße hatten sie's nicht.» Sie sahen sich an.

«Bleibt noch eine Möglichkeit», sagte Dan.

«Ja.»

«Sie lag in Vollnarkose. Alles rannte durch die Wohnung.

Sie hätte nicht mal gemerkt, wenn ihr einer die Zähne gezogen hätte. Jeder konnte ihr das Dings abhaken.»

«Aus dir spricht der Kommissar. Hab auch schon dran gedacht. Noch Kaffee?»

«Nein, danke.»

«Nicht angenehm, jemanden von unserem Haufen zu verdächtigen.»

«Nein.»

Sie versanken in Schweigen. Ich ging hinaus. Die Mädchen wühlten im Fremdenzimmer herum.

«Hilf suchen!», sagte Putzi.

Ich durchwanderte die Räume und schnupperte unter allen Schränken und in allen Winkeln. Nichts. Keine Spur von grünen Steinen.

Es war schon dunkel, als Rita und Putzi fertig waren. Keine Spur von der Kette. «Rita, hast du zu Haus schon was gesagt?», fragte Dan.

«Noch nicht. Lange wird's nicht dauern, bis meine Mutter es merkt.»

«Dann brauchst du auch nichts zu sagen. Ich kümmere mich drum. Vielleicht finde ich was.»

«Schön wär's», brummte Otmar. «Wie willst du das machen? Haussuchungen?»

«Nein. Nur fragen. Könnte sein, dass sich einer einen Witz erlaubt hat und sich nun schämt, es einzugestehen. Oder er denkt, die Steine seien unecht.»

«Glaube nicht, dass dabei viel herauskommt», sagte Rita.

«Möglich. Wenn wir gar nichts tun, kommt noch weniger heraus.»

Bald darauf verabschiedeten wir uns. Rita schloss ihren Wagen auf.

«Mach dir nicht zu viel Sorgen», sagte Dan zu ihr. «Pass auf, plötzlich ist das Ding wieder da.»

Ja. Plötzlich war es wieder da. Eher als wir vermuteten.

KURZ DARAUF waren wir bei Eva. Dan bekam seinen Kuss schon an der Tür. Es roch angenehm nach Spiegeleiern und Schinken. Wirklich angenehm.

«Habt ihr den Schmuck?», fragte sie.

«Nein.»

«Ach. Tut mir leid für Rita.»

«Mir auch», sagte Dan grimmig. «Ich wünschte, ich hätte ihr den Klimperkram rechtzeitig vom Hals gerissen!»

Wir aßen. Dann räumte Eva ab. Sie klapperte eine Weile in der Küche herum und kam mit zwei Gläsern wieder, in denen sich Eiswürfel türmten.

«Was ist das?»

«Riech mal!»

Dan roch. Ich wusste schon Bescheid.

«Daiquiri!»

«Hm.»

«Du bist ein Prachtstück. Worauf wollen wir trinken?» Eva setzte sich zu ihm auf die Lehne und wies mit ihrem Glas auf mich.

«Auf ihn.»

«Also auf ihn!»

Dan hob sein Gefäß. «Blasius, langohriges Ungeheuer! Du sollst leben!»

«Und lange!», sagte Eva.

Ich saß würdevoll, wie es dem feierlichen Augenblick angemessen war, bis sie die Gläser geleert hatten. Anschließend verspürte ich Durst und schlenderte in die Küche. Eva folgte mir und füllte einen Napf mit Wasser. Sie ließ das Licht brennen und ging zu Dan zurück.

Ich schlabberte gemütlich, bis der Napf leer war. Dann wanderte ich wieder auf den Flur hinaus. Aus dem Wohnzimmer hörte ich die Stimmen von Eva und Dan. Sie sprachen über das Fest.

Fast alle Türen standen offen. Die übliche Neugierde erfasste mich. Evas Wohnung hatte ich noch nicht besichtigt. Jetzt war eine Gelegenheit da.

Ich fand das Atelier wieder, in dem sie uns geknipst hatte und in dem ich so brav auf dem Tisch Männchen gemacht hatte. In der Dunkelkammer roch es feucht und scharf. Ich schlenderte am Wohnzimmer vorbei nach hinten und stand gleich darauf in Evas Schlafgemach.

Sehr nett. Das Bett war breiter als unseres. Schöne Daunendecke. Ringsherum lagen weiche Läufer. Die Gardinen waren hell und lustig.

Ich lief um das Bett herum zum Fenster und wieder zurück. Eine Frechheit, im Schlafzimmer einer Dame herumzuschnüffeln. Ich konnte mir das erlauben, im Gegensatz zu Dan. Dennoch war ich gerade dabei, mich unauffällig wieder zu verdrücken, als ich innehielt. Irgendetwas fiel mir auf. Ich wusste nur nicht, was. Ich setzte mich und dachte nach.

Das Zimmer passte gut zu Eva, unzweifelhaft. Die Farben, die Ordnung, die geschmackvolle Einrichtung. Und wie es nach ihr roch! So deutlich wie in keinem der anderen

Räume. Ich hätte den Geruch im Schlaf unter zwanzig Parfümsorten herausgefunden.

Plötzlich wusste ich, was nicht in Ordnung war.

Der Geruch!

Es war der von Eva, aber irgendetwas anderes war dabei, ein fremder Duft, der nicht zu ihr passte.

Ich stand auf und hielt meine Nase in die Höhe. Wo kam der fremde Geruch her?

Ich fand es nicht heraus.

Ich kroch unter das Bett, bis auf die andere Seite, wo der große dreiteilige Frisierspiegel stand. Vorsichtig stützte ich mich mit den Pfoten auf die Platte. Ein Haufen Flakons, Fläschchen, Quasten, Büchsen und Scheren standen und lagen darauf. Nichts. Roch alles nach Eva. Auch am Nachttisch fand ich nichts Auffälliges. Ich kehrte wieder um. Am Fußende des Bettes stand ein großer weißer Kleiderschrank. Die Tür war nur angelehnt. Ich hielt die Nase in den Spalt.

Da war es wieder! Mit einem Schlag wusste ich, was für ein Geruch es war.

Sumpfblüten! Eine Spur zu weich, um zu erfrischen, und eine Spur zu schwer, um nicht lästig zu sein.

Ritas Parfüm.

Wie vor einer Woche beim Anblick des Kaninchens überkam mich das Jagdfieber. Etwas war nicht in Ordnung. Wie kam dieser Geruch in Evas Schrank?

Ich stemmte mit den Pfoten die Tür weiter auf. Wenn ich mich auf die Hinterbeine stellte, langte ich bequem auf den unteren Absatz. Junge, Junge, brauchten die Frauen einen Haufen Sachen! Oben hingen Kleider in allen Ausführungen. Unten lagen Wäscheberge, massenhaft Strümpfe,

Schals, Pullover, Handschuhe, ein halbes Warenhaus. Dan würde Augen machen, wenn er das in Zukunft alles bezahlen sollte.

Ich schob den Kopf in einen Berg von schwarzer Seide. Raffiniert war sie schon, das musste man sagen. Der Geruch wurde stärker. Ich wühlte in Seide und Spitzen, als wäre es eine Kaninchenröhre, bis mir der Duft stechend und betäubend in die Nasenlöcher drang.

Dann passierte es.

Ich stieß an glatte, kühle Glasperlen. Ich fasste mit den Zähnen und zog zu. Der Wäschestapel geriet ins Wanken und fiel herunter. Eine Puderdose aus Porzellan knallte neben mir auf den Boden und zerbrach. Die Wäschestücke folgten. Ein Unterrock legte sich sacht über meinen Rücken.

Das Gespräch im Wohnzimmer verstummte. Dann kam Dans Stimme: «Was hat er jetzt wieder angestellt?»

Ich blieb sitzen. Flucht war zwecklos. Die Tür flog auf, und Eva stand im Zimmer. Sie sah mich, fuhr zusammen und presste ihre Hand auf den Mund. Dan blickte ihr über die Schulter. Sein Gesicht erstarrte.

Ich saß vor dem Schrank. Eine rosa Puderwolke umwehte mich. Zwischen den Zähnen hielt ich Ritas Smaragdschmuck.

Dan bewegte sich als Erster. Er ging einen Schritt auf mich zu.

«Blasi! Komm her!»

Ich zögerte, weil ich noch nicht ganz erfasst hatte, was geschehen war.

«Komm her!», brüllte er. Noch nie hatte ich ihn mit einem so bösen Gesicht gesehen.

Ich schüttelte den Unterrock ab und schlich zaghaft näher. Dan fasste zu und nahm mir die Steine weg. Er legte sie auf die flache Hand. Sein Atem ging laut und rau. Keiner von uns bewegte sich. Mir sträubten sich die Haare, so unheimlich war mir zumute.

Dan drehte sich langsam zu Eva herum und sah ihr wortlos ins Gesicht. Sie starrte auf die Kette, als verstünde sie nicht, was vorgegangen war. Ihre Haut wurde weiß, und ihre Lippen zitterten.

Dans Stimme vibrierte.

«Möchtest du mir erklären, wie das in deinen Schrank kommt?» O Dan, dachte ich voller Angst, mach keinen Unsinn! Sie kann es nicht getan haben! Unsere Eva!

«Ich weiß nicht», flüsterte sie. Ihre Augen füllten sich mit Tränen. «Dan, ich weiß es nicht. Ich kann es mir nicht erklären.»

«So, du kannst es dir nicht erklären!», sagte Dan mit unheimlicher Ruhe.

Eva sah ihm gerade in die Augen.

«Dan! Glaubst du, ich hätte die Kette gestohlen?»

«Ich glaube gar nichts. Ich will wissen, wie sie hierherkommt.»

Sie sah verzweifelt aus.

«Aber ich weiß es nicht», rief sie. «Mir ist, als träume ich! Ich habe doch ...»

Sie verstummte. Eine steile Falte erschien über ihrer Nasenwurzel. Ich wartete mit bangem Herzen. Warum, zum Henker, musste ich immer solchen Schlamassel entfesseln?

Eva fuhr auf, und ihre Augen weiteten sich.

«Dan ... heute Morgen! Johnny war mit hier oben!»

Wenn sie geglaubt hatte, Dan damit zu beruhigen, dann irrte sie. Jetzt wurde er erst recht sauer. Die Untreue schien er ihr weniger verzeihen zu wollen als die Kleptomanie. Was für ein Mann!

«Johnny war hier?»

«Ja! Er brachte mich her, und wir tranken noch einen Kaffee.»

«Ach!» Dan war blass vor Wut. Und eifersüchtig. Mein eiserner Dan – eifersüchtig! «Kaffee! In deinem Schlafzimmer! Du nimmst diesen windigen Idioten früh um sechs mit in deine Wohnung! Großartig! Morgens kommt er, und abends darf ich kommen! Einer genügt nicht ...»

Peng! Ich schloss die Augen bei dem Knall. Das war die Ohrfeige, die er damals bei uns nicht gekriegt hatte. Jetzt hatte er sie. Gerechter Ausgleich.

Dan war einen Augenblick lang verblüfft.

«Wie kannst du so etwas sagen!», schrie Eva voller Empörung. «Er hat mich in seinem Wagen fahren lassen! Du musstest dich ja um deine Rita kümmern! Ich habe ihm eine Tasse Kaffee gegeben. Dann habe ich ihn rausgeworfen. Das ist alles. Und mit dir mache ich jetzt dasselbe! Geh! Ich will dich nicht mehr sehen!»

Sie stampfte mit dem Fuß und schlug die Hände vor das Gesicht.

Dan sah betreten aus. Auf seiner Backe waren fünf rote Streifen erschienen. Ich saß mit angelegten Ohren und wagte nicht, mich zu rühren.

«Geh endlich!», rief sie schluchzend.

Du wirst hoffentlich nicht so dämlich sein, dachte ich. Er war's auch nicht. Er warf den Anhänger auf Evas Bett, legte die Hände um ihre Schultern und zog sie an sich.

«Lass mich! Geh weg!», sagte sie noch einmal, aber ihre Stimme klang schon weniger zornig.

«Verzeih mir, Evchen», sagte Dan sanft, «verzeih mir und sei wieder gut! Ich hätte das nicht sagen sollen. Ich war so durcheinander. Erst die Kette in deinem Schrank, und dann Johnny in deinem Schlafzimmer. Komm her!»

Er zog ihr sacht die Hände vom Gesicht und tupfte mit seinem Taschentuch an ihren Wimpern herum. Sie schluckte noch ein paarmal, dann schlug sie die Augen auf. Ihre Finger strichen über die Haut seiner Wange.

«Hat's weh getan?»

«Sehr. Du hast einen Schlag wie Joe Louis.»

Sie lächelten beide. Ich atmete auf. Sie waren wieder vernünftig. Menschen sind viel komplizierter gebaut als wir. Die Hälfte ihres Lebens besteht aus Theater.

Dan nahm die Kette wieder in die Hand. Sie setzten sich auf die Bettkante. Eva nahm Zigaretten vom Nachttisch. Dan gab ihr Feuer. «Erzähl mir, wie Johnnys Besuch verlief.»

«Völlig normal. Ich wollte ihn vor dem Haus loswerden. Er quatschte so lange auf mich ein, bis ich weich wurde. Richtig nüchtern war er auch noch nicht. Also nahm ich ihn mit rauf. Denkst du denn im Ernst, ich machte mir was aus ihm?»

«Das kann man bei euch nie wissen. Wo war er, als du den Kaffee machtest?»

«Drüben im Zimmer.»

«Wie lange hast du gebraucht?»

«Fünf Minuten. Länger bestimmt nicht!»

«Konnte er ins Schlafzimmer, ohne dass du es merktest?»

Sie nickte. «Ja, ich hatte die Tür angelehnt, aber er spielte eine Platte – furchtbar laut. Ich rief noch hinüber, er sollte leiser sein, wegen der Nachbarn.»

«Hm.» Dan klimperte mit den grünen Steinen. «Sieh an! Johnny, der Kronjurist! Klaut Rita die Kette und versteckt sie bei dir! Für alle Fälle. Hat wohl Angst vor seiner Heldentat bekommen und wollte sie nicht bei sich haben.»

«Aber – wenn ich sie gefunden hätte?»

«Dann wärst du in Verdacht gekommen. Niemand hätte ihm beweisen können, dass er sie dorthin gesteckt hat. Für ihn wäre sie verloren, aber nicht er stünde als Dieb da, sondern du.»

Dans Faust schloss sich um die grünen Steine.

«Ich werde ihm das Geschäft verderben, verlass dich drauf!»

«Warum tut er so was nur?», fragte Eva.

«Was weiß ich. Leichtsinnig war er immer. Studiert ewig, lebt auf großem Fuß und hat Schulden wie Bayern nach der Inflation. Wird wieder mal im Druck sein, das ist alles.» Dan drückte seine Zigarette aus.

«Hör zu! Er muss doch wiederkommen und die Kette holen. Hat er denn nichts gesagt?»

«Doch. Er will mich anrufen.»

«Wann?»

«Er sagte, heute Abend. Ich ...»

Sie verstummte. Wir alle fuhren zusammen. Das Telefon rasselte.

Dan hielt Eva am Arm fest.

«Pass auf! Wenn er das ist – lass dir nichts anmerken! Sei fröhlich!»

«Aber dann bildet er sich ein ...»

«Ist egal, was er sich einbildet! Ich werd's ihm schon austreiben! Lade ihn für morgen ein – halb sieben! Nicht eher. Verstanden?»

«Ja.»

«Los, geh ran!»

Sie lief zum Telefon. Dan und ich folgten ihr bis zur Tür. Dan legte den Finger auf die Lippen und sah mich drohend an. Lächerlich. Ich hätte auch so keinen Lärm gemacht.

«Hallo!», sagte Eva. «Wer? Ja ... ach, Johnny! Das ist aber nett!» Flehender Blick zu Dan.

«Ausgeschlafen? Ja, danke ... nein, alles bestens.» Pause. Johnnys Stimme kam als unverständliches Gequäke aus dem Hörer.

«Heute noch?», fragte Eva. «Nein, nein, das geht nicht ... nein, auf keinen Fall!»

Er hat's eilig, dachte ich. Dan schien dasselbe zu denken.

«Nein, Johnny, wirklich nicht. Ich bekomme noch Kundschaft und fahre mit den Leuten weg. Nein, ausgeschlossen! Wie wäre es morgen? Was? Ja, morgen! Na, so gegen halb sieben ... ja ... nicht früher, da bin ich noch nicht fertig. Ja, fein, ich freue mich ...»

Noch ein flehender Blick.

«... wie? Ja, natürlich ... Wiedersehen, Johnny, Wiedersehen!»

Sie hängte auf.

«Ausgezeichnet», sagte Dan. «Du hast gelogen wie ein Pressechef.»

«Möchte wissen, was er von mir denkt», sagte Eva leise.

«Der denkt nur an seine Kette.»

Dan deutete auf mich.

«Sieh dir den an! Er ist die Wurzel allen Übels!»

«Nein», sagte Eva zärtlich. «Sei froh, dass er die Steine gefunden hat. Wer weiß, was sonst alles passiert wäre! Komm her, Blasi!»

Ich kam zu ihr, und sie stäubte mir den Puder aus dem Fell. Dann schüttelte ich mich gründlich. Dan nahm mich hoch und roch an mir.

«Blasius, der Detektiv! Und wie er duftet!»

«Ich muss aufräumen», sagte Eva.

«Mach's nachher. Ein kräftiger Daiquiri ist wichtiger. Übrigens – der schwarze Unterrock ist nicht schlecht! Den musst du mir mal vorführen – mit Inhalt!»

Sie wurde rot und lief in die Küche.

Bald darauf saßen wir im Wohnzimmer, wie vorher. Es war nicht mehr zu spüren, dass der erste voreheliche Krach schon hinter uns lag.

«Wir machen das so», sagte Dan. «Noch kann man ihm nichts beweisen. Ich komme um sechs. Blasius bleibt zu Haus.»

Ich glaubte meinen Ohren nicht zu trauen. Ich hatte die Kette gefunden! Und nun wollte er mich zu Hause lassen!

Ich schnitt ein tief betrübtes Gesicht. Leider bemerkte Dan es nicht.

«Die Kette kommt an ihren alten Platz zurück. Ich verstecke mich im Schlafzimmer – vielleicht hinter der Gardine. Du hast irgendetwas vergessen und rennst noch mal runter zum Kaufmann. Die Gelegenheit wird er wahrnehmen. Dann schnapp ich ihn mir. Ja, so machen wir das.»

«Ach, Dan», sagte Eva. «Ich habe Angst! Was für eine scheußliche Geschichte!»

Er streichelte sanft über ihr Haar.

«Brauchst keine Angst zu haben. Schließlich ist das

mein Beruf. Und du hast auch Grund, dich an ihm zu rächen. Wenn er seine Schweinereien wenigstens allein fertigbrächte! Aber dich mit hineinzureißen ... das werde ich ihm eintränken!»

Sie kamen vom Thema ab, wechselten etliche Küsse und flüsterten sich Dinge in die Ohren, die ich nicht verstehen konnte. Umso besser. Sicher waren sie auch nicht zum Druck bestimmt.

Dann gingen wir fort, Dan leicht nach Rum riechend und ich nach Puder.

Unterwegs würdigte ich ihn keines Blickes. Undankbares Volk, diese Zweibeiner!

Wir stellten den Wagen vor das Haus. Dan wollte schon hinein, als er einen Blick nach rechts warf und das freundliche Transparent an Eugens Bierladen sah.

«Komm, Alter», sagte er. «Der Daiquiri war so süß.» Natürlich. Ein Grund fand sich immer.

Bei Eugen war es qualmig und voll, aber dennoch sah ich mit dem ersten Blick, wer da an der Theke lehnte.

Johnny!

Er drehte sich um, als wir näher kamen.

«Hallo, Diebsfänger», rief er lärmend und schlug Dan auf die Schulter. «Wie gehen die Geschäfte?»

Eine gesegnete Unverschämtheit hatte er am Leib, das konnte man wohl sagen. Dan verzog keine Miene.

«Im Augenblick flau», sagte er. «Denke aber, dass es bald besser wird.»

Johnny betrachtete ihn schmunzelnd.

«Was macht Eva, die Liebreiche?»

«Das musst du doch wissen. Hast du sie richtig abgeliefert?»

«Na klar! Sehr spröde Dame! Ich wollte ihre Burg besichtigen, aber da war nichts zu machen.»

Er log. Und wie er log! Er hatte damals schon gelogen, als er Ralf und mich mit Cognacbohnen gefüttert und hinterher behauptet hatte, wir hätten sie gestohlen. Seitdem war ich misstrauisch. Wer so gemein log, der konnte auch stehlen. Nein, er hatte keinen guten Charakter. Ich gönnte ihm, wenn Dan ihn morgen hereinlegte.

Dan nahm einen tiefen Schluck aus seinem Glas. Er blieb ganz ruhig. Niemand außer mir merkte, dass es ihn Mühe kostete, dem Burschen nicht den Kragen umzudrehen.

«Ist die verschwundene Kette wieder da?», fragte Eugen.

Dan schüttelte wortlos den Kopf.

«Teurer Abend für Rita», sagte Johnny spöttisch. «Aber sie kann's verschmerzen. Das nächste Mal wird sie vorsichtiger sein mit dem Alkohol.»

Dan atmete tief und legte die Hände um die Silberstange.

«Meinst du, sie hätte sie verloren?»

Johnny runzelte die Stirn.

«Was sonst?»

«Könnte sich einer einen Jux erlaubt haben? Du zum Beispiel, Johnny? Du machst doch so gern Spaß.»

Der Kerl brachte es auch noch fertig, entrüstet auszusehen.

«Na, hör mal! Du machst mir Freude! Was soll das heißen?»

Dan lachte unbefangen.

«Gar nichts, Johnny. Hätte ja sein können. Ich frage die anderen auch noch. Wenn ihr jemand einen Schreck ...»

«Ach was! Die Weiber verlieren jeden Tag was anderes.

Der Anhänger ist in die Toilette gefallen, wie Paul sagte, oder aus irgendeinem Fenster.»

«Hm», machte Dan nachdenklich. «Aus einem Fenster. Das könnte sein. Müssten wir mal unten nachsehen.»

Ich beobachtete ihn genau. Irgendetwas war ihm eingefallen, aber ich konnte nicht ahnen, was es war. Dan trank aus.

«Noch eine?», fragte Eugen.

«Nein, Eugen, danke schön. Muss morgen früh raus. Kleine Dienstreise. Bin wahrscheinlich erst Mittwoch zurück.»

«So? Dann mach wenigstens anständige Spesen.»

«Kannst dich darauf verlassen.»

Dan zahlte. Johnny tat dasselbe.

«Muss auch schlafen. Die Feier war so anstrengend.»

«Kommst du morgen Abend?», fragte Eugen.

Ich spitzte die Ohren.

«Morgen? Nein. Hab was Besseres vor.»

Er streifte Dan mit einem schnellen, höhnischen Blick. «Ganz was Wunderbares. Bin leider nicht abkömmlich. Wiedersehen!»

«Wiedersehen, ihr zwei.»

Dan reichte ihm beim Weggehen die linke Hand über den Tisch.

«Gute Nacht, Eugen.»

Sie gingen hinaus, und ich folgte ihnen.

«Wünsch dir eine friedliche Nacht, Dan», rief Johnny übermütig.

«Danke. Ich dir alles Gute für die nächste.»

Johnnys Augen glitzerten. «Die nächste? Die wird nicht so friedlich werden.»

«Das ist möglich», sagte Dan.

Dann trennten wir uns von ihm ...

Als Dan im Schlafanzug auf dem Bettrand saß, nahm ich vor ihm Platz und betrachtete ihn ernst und vorwurfsvoll. Er schien zu erraten, was mich bewegte. Langsam beugte er sich vor, fasste mein linkes Ohr und zog daran.

«Herr Blasius», sagte er lächelnd, «in Anbetracht dessen, dass ich morgen unerwartet auf Dienstreise muss, wirst du doch mitkommen können!»

Tief befriedigt kroch ich ins Bett und schlief ein.

Als Pauls grosse Standuhr fünfmal schlug, fasste mich die Unruhe, und ich hörte auf, mit Ralf zu spielen. Jetzt machte Dan im Präsidium Schluss. Es konnte nicht mehr lange dauern, bis er da war.

Mir kribbelte es unter dem Fell. Der erste Kriminalfall, den ich miterlebte. Und ich hatte ihn ins Rollen gebracht! Wenn ich so weitermachte, war ich eher Kriminalrat als Dan. Er kam pünktlich. Wir hielten uns nicht lange auf. Als ich auf die Straße trat, sah ich Ritas Mercedes hinter unserem Vehikel stehen. Ich blickte erstaunt zu Dan hinauf. Er sagte nichts, setzte sich ans Steuer und fuhr los. Ich stellte mich an die Lehne und konnte sehen, dass Rita uns folgte.

Wir fuhren einen Umweg, wahrscheinlich um nicht an Johnnys Wohnung vorbeizukommen. Dan hielt auch nicht vor Evas Haus, sondern stellte unsere Arche auf die andere Seite des Blocks. Wir stiegen aus. Rita streichelte mich kurz und ging wortlos neben uns her, bis wir vor Evas Tür standen.

Eva machte erstaunte Augen.

«Rita? Und Blasi auch? Was ist denn, Dan?»

«Erklär ich dir drinnen.»

«Kommt rein!»

Wir setzten uns ins Wohnzimmer. Dan erzählte kurz von der Begegnung mit Johnny.

«Du sagst ihm, ich hätte Blasius bei dir gelassen, weil ich fortmusste. Dann wird das noch glaubwürdiger. Heute früh vor meiner Abreise habe ich ihn hergebracht.»

«Gut.»

«Weiter. Ich habe Rita alles erzählt. Erstens um sie nicht länger in Sorge zu lassen. Zweitens kann es nicht schaden, wenn sie als Bestohlene Zeugin von Johnnys Auftritt ist. Umso weniger kann er sich rausreden.»

«Und wenn er etwas merkt?»

«Er wird nichts merken. Passt auf.» Dan beugte sich vor und sprach eindringlich weiter. «Du tust, als hättest du etwas vergessen, und rennst mit Karacho die Treppe hinunter. Aber nur bis zum zweiten Absatz. Dann kommst du leise wieder zurück, wie ein Fuchs auf Gummisohlen. Rita, du wartest in der Dunkelkammer. Schließ von innen zu, damit er nicht reinkann. Wenn ihr meine Stimme hört, kommt ihr beide zum Schlafzimmer. Das ist alles.»

Sie rauchten schweigend. «Was willst du mit ihm tun?», fragte Rita in die Stille hinein.

Dan zuckte die Achseln. «Das liegt bei dir. Du kannst ihn anzeigen. Gefängnis ist ihm sicher.»

«Erst mal sehen, wie er sich benimmt.» Rita blickte Eva an. «Was sagst du zu der Unverschämtheit?»

Evas Augen funkelten.

«Dem werde ich es sagen – nachher!»

Dan sah zur Uhr.

«Auf, auf, Kameraden! Wenn er eine Dame besucht, ist er immer zu pünktlich. Eva, räum auf! Weg mit der Asche und unserer Garderobe. Stell die Pulle hin und mach es ihm gemütlich. Er soll sich wie zu Hause fühlen, der Gute!»

Eva riss alle Fenster auf und ließ den Qualm hinaus. Mit ein paar Handgriffen zauberte sie eine Empfangsatmosphäre herbei. Sie knipste die Stehlampe an und stellte Blumen auf den Tisch. Die Gläser und die Eisschüssel standen bereit. Es sah so aus, als hätte sie sich schon einen Monat auf Johnnys Besuch gefreut.

«Prima», sagte Dan sarkastisch. «Such das Glück nicht weit – es liegt in der Häuslichkeit. Ist die Kette richtig versteckt?»

«Ja. Habe alles so aufgebaut, wie es war. Sogar eine neue Puderdose.»

«Die muss ich übrigens noch bezahlen.»

«Ach geh!»

«Alsdann! Rita! Ab mit dir, in den Kasten!»

Eva nahm die Mäntel mit und brachte Rita zur Dunkelkammer. «Hier kannst du dich hinsetzen. Rühr dich möglichst nicht, damit nichts runterfällt und Lärm macht.»

Sie schloss die Tür. Dan ging mit ihr ins Schlafzimmer. Sie zog die Vorhänge zu. Sie reichten bis zum Boden herunter. Dan verschwand dahinter. Die Wand war ziemlich dick, und die Fensternische hatte genügend Tiefe. Von Dan war nichts zu sehen.

«Fällt was auf?»

«Nein.»

«Schön. Verzieht euch ins Wohnzimmer und seht normal aus.»

«O Dan. Wenn es nur klappt!»

«Keine Sorge. Hauptsache, dass du jetzt deine Sache gut machst. Sei ein liebendes Weib! Bist du das?»

Sie kam zum Vorhang heran, und sie küssten sich durch den Spalt.

«Mach's gut, Kleine.»

Eva seufzte leise und schloss die Tür hinter uns.

Ich ging mit ihr ins Wohnzimmer. Eva nahm eine Zigarette. Ich sprang auf einen anderen Stuhl und lauschte den Geräuschen. Unendlich langsam schlichen die Minuten dahin.

Ich hatte Muße, Eva zu betrachten. Wenn diese Geschichte erledigt war, würde wohl über Heirat gesprochen werden. Dann war's aus mit dem Lotterleben. Na ja. Mal musste ein Frauchen ins Haus. Dan war alt genug. Eva war ein Prachtstück. Was sollten wir lange herumsuchen? Hier musste man zugreifen. Natürlich benehmen sich Mädchen nach der Hochzeit oft ganz anders als vorher. Aber ganz ohne Risiko geht nichts. Und schließlich hatte ich die Sache eingefädelt. Nun musste ich mitmachen. Außerdem gönnte ich Eva keinem außer uns, wenn ich ehrlich sein sollte. Sie redete nicht so viel und konnte wunderbar streicheln – von allem anderen abgesehen.

Eva nahm ein Buch und blätterte darin herum. Ich dachte an Dan hinter dem Vorhang und an Rita in der Dunkelkammer. Woran würde sie denken? Rita mehr an Dan als an ihre Kette, und Dan umgekehrt.

Dan roch Evas Parfüm aus allen Richtungen, und Rita

roch den Entwickler und das Fixiersalz. Es war schon eine recht komische Situation.

Kurz vor halb sieben hörte ich das Geräusch von Johnnys Motor durch den Straßenlärm, der durch das offene Fenster drang. Ich kann alle Motoren auseinanderhalten und finde sie aus dem größten Krach heraus.

Ich setzte mich aufrecht und sah Eva an. Sie legte ihr Buch hin.

«Was ist denn? Kommt er?»

Er wird gleich hier sein, dachte ich. Hörst du es nicht? Im nächsten Moment klingelte es. Lange und aufdringlich. Ich spürte ein leises Ziehen in der Magengegend. Eva holte tief Luft und legte ihr Gesicht in freundliche Falten. Dann ging sie zur Tür. Ich sprang zu Boden und marschierte auf leisen Sohlen hinterher.

Johnny streckte die Arme durch die offene Tür und hielt Eva einen Strauß Nelken unter die Nase.

«Hallo, Baby! Dein Anblick macht mir weiche Knie!» Sie werden noch viel weicher werden, dachte ich.

«Grüß Gott, der Herr», sagte Eva. «Komm rein.»

Johnny hüpfte über die Schwelle, und dann sah er mich. Sein strahlendes Lächeln schwand dahin.

«Wie kommt der hierher?»

«Blasius? Den hat Dan gebracht. Er musste heute Morgen weg und wollte ihn nicht allein lassen.» Sie hob die Nase aus den Nelken. «Stört er dich?»

Auch ich war mir meiner Aufgabe bewusst und wollte Eva ein ebenbürtiger Partner sein. Ich trippelte unbefangen auf Johnny zu und begrüßte ihn mit heuchlerischer Herzlichkeit. Durch die böse Welt wird man ganz verdorben.

Johnny sah leicht beunruhigt aus.

«Weiß Dan, dass ich komme?»

«Keine Spur.»

Nach dieser Lüge forderte ihn die schillernde Schlange auf, ins Zimmer zu kommen. Sie ordnete die Blumen in einer Vase und stellte sie anstelle der anderen auf den Tisch. Sie setzten sich. Ich nahm auf meinem alten Stuhl Platz und betrachtete das Liebespaar mit Interesse.

Johnny lächelte reizend und fasste Evas Hand.

«Gestern saß ich auch hier!»

Ja, gestern saß er auch hier. Heute würde es das letzte Mal sein.

Eva goss die Gläser voll. Ein paar Schnäpse konnten ihr nicht schaden. Viele große Mimen tranken einen Schluck vor dem Auftritt. «Prost, Süße», sagte Johnny. «Auf uns beide.»

Sie tranken aus. Ich merkte, dass Eva unruhig war. Johnny schien es auch zu merken.

«Hast du irgendetwas?»

Sie schüttelte den Kopf und sah auf ihre Fingerspitzen.

«Nein, was sollte ich haben. Ich ... ich dachte nur gerade an gestern, wie du davon sprachst ... und da fiel mir Ritas Kette ein.»

Johnny zog die Stirn in Falten.

«Ritas Kette?»

«Ja. Hat sie die schon gefunden?»

Johnny starrte auf sein Glas. Das Thema schien ihm nicht zu passen. Außerdem musste er jetzt seine Worte überlegen. Er konnte ja nicht wissen, ob Dan, als er mich heute früh herbrachte, mit Eva über ihr Zusammentreffen bei Eugen gesprochen hatte.

«Gestern Abend war sie noch nicht da.»

«Ach.» Eva sah aus wie ein Schulmädchen, das der Oma zum Geburtstag gratuliert. «Woher weißt du?»

«Ich traf Dan in der Kneipe.»

«Du hast Dan getroffen? Was sagte er denn?»

Johnny zog den Mund in die Breite.

«Er fragte, wie du nach Hause gekommen wärst.»

«Und was hast du gesagt?»

«Na, bestens! Ich hätte dich eigenhändig ins Bettchen gebracht und in den Schlaf gesungen.»

O Heimatland! Er tanzte auf einer Atombombe und wusste es nicht. Eva bemühte sich, ihren Zorn unter einer erschrockenen Miene zu verbergen.

«Wie? Du machst Spaß, Johnny!»

«Aber natürlich, Kindchen. Kein Wort habe ich gesagt. Der Kavalier schweigt und darf wiederkommen. Hast du eigentlich – ich meine, ist Dan dein Freund?»

Ich hob die Ohren an. Ein zarter rosa Hauch huschte über Evas Gesicht. Er verschwand, ehe Johnny ihn wahrnahm. «Freund? Ach nein, er ist ... ich kenne ihn nur kurz ...»

«Magst du ihn?»

«Was heißt mögen – er ist sehr nett – du kennst ihn doch besser als ich. Gefällt er dir nicht?»

Mit einem Mal sah Johnny so aus, wie es seinem Charakter entsprach. Etwas verschlagen und brutal. «Hör zu, Eva. Ob er mir gefällt oder nicht, ist ganz egal. Wenn wir zwei zusammenkommen, muss er ausscheiden. Halbe Sachen liebe ich nicht. Und seinen Köter soll er nächstens auch woanders hinbringen.»

Das ging auf mich. Ich tat so, als hätte ich nichts gehört. Warte nur, balde, dachte ich. Durch meine Lidspalten sah ich, wie Evas Lippen erblassten. Johnny merkte nichts. So sehr war dieser Narr von sich überzeugt, dass er glaubte, ein Mädchen wie sie erbebte vor Wonne, wenn er in der Nähe war, und sehnte sich nach seiner brutalen Männlichkeit.

Eva schenkte neu ein und nahm ihr Glas hoch. «Kannst du Hunde nicht leiden?», fragte sie.

Johnny trank, stand auf und legte den Arm um ihre Schultern. «Dich kann ich leiden!», sagte er.

Er versuchte sie zu küssen. Aber Eva war schneller, wehrte ihn ab, rutschte unter seinem Arm durch und kam zu mir herüber. Ich hob den Kopf, als wunderte ich mich, was die beiden trieben.

«Nicht so plötzlich, mein Herr. Nach dem Abendbrot vielleicht.» Mach es kurz, dachte ich. Sonst fängt Rita an zu niesen.

Es war, als erriete Eva meine Gedanken. Sie legte die Finger auf die Lippen und spielte Erschrecken.

«Heiliger! Abendbrot! Ich hab ja keine Butter! Gerade wollte ich sie holen, als du kamst.»

Sie lief wieder um den Tisch herum.

«Johnny, Liebling – warte einen Augenblick. Bin sofort wieder oben. Schenk dir einen ein und sei hübsch brav!» Ehe er etwas erwidern konnte, war sie draußen. Sie lief über den Flur, und die Tür fiel ins Schloss. Wahrscheinlich war sie am Ende ihrer Schauspielkunst und hätte ihm beim nächsten Versuch die Flasche auf den Schädel geschmettert.

Johnny sah einen Augenblick mit starrem Blick zur Tür. Dann verzog sich sein Gesicht zu einem Grinsen, das ihn keineswegs sympathischer machte.

«Butter», sagte er. «Sehr gut!»

Er warf mir einen kalten Blick zu, schlich dann hinaus. Ich merkte, wie er draußen verhielt. Es war alles still. Ich hüpfte vom Sessel und schlich hinter ihm her. Er lief mit kleinen, schnellen Schritten zur Schlafzimmertür.

«Hau ab!», zischte er, als er an mir vorbeikam.

Ich blieb stehen. Er öffnete lautlos die Tür und verschwand. Ich hörte das Knipsen des Lichtschalters. Viel Spaß!

Vorsichtig kroch ich an den Türspalt heran. Ich musste sehen, was jetzt passierte.

Johnny drehte den Schlüssel und zog am Griff der Schranktür. Knarrend öffnete sie sich. Er bückte sich und tastete mit der Hand zwischen die Wäsche. Seinem Gesicht konnte ich ansehen, dass er die Kette gefunden hatte. Behutsam zog er sie heraus. Sein Grinsen war geradezu widerlich.

Er richtete sich auf und drückte leise die Tür zu. Dann wandte er sich um und sah mein langohriges Haupt am Eingang.

«Hab ich dir nicht gesagt, du sollst verschwinden! Ich werde ...»

Lautlos teilte sich der Vorhang. Dan war mit zwei Schritten hinter ihm.

«Abend, Johnny», sagte er, kalt wie ein Eisschrank. «Ahnte doch, dass ich mit der Diebesfängerei Erfolg haben würde. Wirklich ganz was Wunderbares, was du heute vorhattest!»

Ein paar Herzschläge lang stand Johnny unbeweglich. Dann fuhr er blitzschnell herum und wollte hinaus. Doch Herrchens große Hand fasste den Kragen seiner eleganten Jacke und riss ihn zurück. Johnny duckte sich. Seine Finger fuhren nach Dans Augen. Ein anderer hätte kaum ausweichen können, aber bei meinem Dan konnte er mit solchen Tricks nichts ausrichten.

Dan bog sich zur Seite. Seine Linke fuhr in Johnnys Magengrube. Johnny knickte stöhnend zusammen, da krachte ihm Dans Faust unter die Kinnlade. Johnny rollte auf den Teppich.

Dan atmete langsam aus und rieb seine Fingerknöchel.

«Das war für Eva, mein Junge», sagte er.

Er fasste Johnny am Revers, zog ihn in die Höhe und warf ihn auf Evas Bett, dass die Federn krachten. Johnny richtete sich mühsam auf und starrte mit glasigen Augen um sich. Sein Kopf wackelte, und aus seinem rechten Mundwinkel lief ein dünner Blutfaden. Es dauerte einige Sekunden, bis er wieder zu sich kam. Dan packte seine Hand und nahm ihm die Kette weg, die er immer noch zwischen den Fingern hielt.

«Bleib schön sitzen, mein Teurer! Wenn du Dummheiten machst, hau ich dich zu einem blutigen Lappen zusammen!»

Draußen klappten zwei Türen gleichzeitig. Rita und Eva rauschten wie Rachegöttinnen ins Zimmer.

Dan trat zur Seite und hielt Rita die Kette hin.

«Da», sagte er, «dein Schmuck.»

Johnnys Augen irrten von einem zum anderen. So sicher war er seiner Sache gewesen, und nun brach alles zusammen. Sein hübsches Gesicht war bleich wie Schlagsahne. Rote Flecken standen auf seiner Stirn und seinen Wangen.

Rita trat dicht vor ihn hin. In ihren Sternaugen stand die kalte Wut.

«Das bist du also», sagte sie. «Johnny Wieland! Der

Mann mit dem berühmten Namen! Du trinkst mit mir Schnaps und hältst schöne Reden. Du stiehlst meine Kette, lässt mich danach suchen und siehst zu, wie ich vor Sorge umkomme. Du bist ein ganz gemeiner Dieb!» Harte Worte für eine höhere Tochter. Nun machte auch Eva ihrem Zorn Luft:

«Johnny, mein Herzchen! Mein Starker! Sieh mich doch an! Dachtest du wirklich, ich hätte dich heute Abend eingeladen, weil ich nicht mehr ohne dich leben kann? Hast du das wirklich geglaubt, Johnny, du Ersatz-Casanova? Ach, mein armer Johnny! Nein, du solltest nur die Kette wiederholen, die du so schön in meinem Schrank versteckt hast, als ich dir einen Kaffee braute!»

Ihr Ton wurde gefährlich.

«Gott, wie musst du mich geliebt haben, dass du so nett an mich gedacht hast! Der charmante Meisterdieb mit dem goldenen Herzen! Ich dank dir auch schön! Wenn Dan mit dir fertig ist, kannst du deine Blumen nehmen und verschwinden. Ich hoffe jedenfalls, dich für den Rest meines Lebens nicht wiederzusehen!»

Nach diesem Auftritt drehten sich beide Damen auf dem Absatz um und schritten hoch erhobenen Hauptes hinaus. Ende des zweiten Aktes, dachte ich.

Dan wartete eine Weile, bis Johnny sich erholt hatte. Der Bursche sah beklagenswert aus. Von seiner forschen Erscheinung war nun nicht mehr viel übrig geblieben.

«Johnny», sagte Dan, «ich rate dir gut, nicht lange herumzuquatschen. Warum hast du das getan?»

Johnny fiel vornüber und stützte den Kopf in die Hände. «Schulden», jammerte er zwischen den Fingern hindurch.

«Habe mir Geld geliehen und kann es nicht zurückgeben. Auch der letzte meiner Autowechsel ist geplatzt.»

«Wann hast du es getan?»

«Als ... als sie im Fremdenzimmer lag und schlief. Ich wollte ihr nur den Seestern wegnehmen, aber ... ich sah die Kette. Es sollte nur Spaß sein.»

«Ach? Und dann fiel dir ein, dich auf diese Weise zu sanieren?»

«Ja.» Johnnys Stimme wurde immer leiser.

«Weiter!»

«Ich hatte Angst, ihr würdet die Wohnung durchsuchen oder vielleicht jeden seine Taschen vorzeigen lassen. Da habe ich die Kette in einen Papierfetzen gewickelt und runtergeworfen ...»

«Dein Wagen stand unter dem Schlafzimmerfenster. Offen. Gestern habe ich mich daran erinnert, als du sagtest, Rita hätte ihren Schmuck aus dem Fenster fallen lassen.»

Johnny sah Dan erstaunt an.

«Ja, so war's.»

«Hattest es auch brandeilig, an deinen Wagen zu kommen, als wir gingen.»

Johnny nickte matt und schwieg. Dan beugte sich zu ihm hinunter und nahm seinen Schlips in die Faust.

«Und warum hast du den Schmuck hier versteckt, du Würstchen? Hier bei Eva? Weißt du, dass das noch schmieriger ist als der ganze Diebstahl?»

Johnny sackte noch mehr zusammen.

«Ich wollte ganz sichergehen. Wollte ihn während der ersten Tage nicht in meinem Zimmer haben.»

Dan schüttelte den Kopf.

«Und wenn Eva dich nicht wieder eingeladen hätte?»

Johnny zögerte etwas mit der Antwort. Wahrscheinlich dachte er an seine Ohrfeige.

«Ich dachte, sie hätte etwas für mich übrig.» Er lachte kurz und bitter.

«Bisschen verkalkuliert. Hat Eva die Kette gefunden?»

«Nein.» Dan deutete auf mich. «Der da.»

Ich setzte mich in Positur und maß ihn kalten Blickes. Johnny betrachtete mich verblüfft, als verstünde er die Welt nicht mehr.

«Der Hund?»

«Ja. Denk an Ritas Parfüm. Er hat so lange herumgeschnüffelt, bis er raushatte, was nicht in dieses Zimmer gehörte.»

Das ist die Vergeltung für den ‹Köter›, du Tropf, dachte ich.

«Wir waren gestern Abend hier», fuhr Dan fort. «Bevor wir dich bei Eugen trafen. Das hier war meine Dienstreise. Und nun komm mit!»

Johnny fuhr hoch.

«Dan! Was willst du machen? Wenn ihr mich anzeigt, bin ich erledigt! Mein Studium – alles ist zum Teufel! Dan, das kannst du doch nicht machen! Die Kette ist wieder da ...»

«Ja. Und das nächste Mal klaust du was anderes.»

«Nein, Dan, bestimmt nicht! Ich mach's nie wieder! Ich war blau, sonst hätte ich's niemals getan! Lasst mich doch gehen!»

«Komm mit», befahl Dan.

Er fasste ihn am Arm und schob ihn zur Tür hinaus. Wir betraten das Wohnzimmer. Die Mädchen saßen mit eisigen Gesichtern da.

«Fertig», sagte Dan. «Eben hat er geschworen, er wolle es nicht wieder tun. Wie alle unartigen Kinder. Rita, an dir liegt es, ob du ihn anzeigen willst.»

Johnnys Augen hingen mit flehendem Ausdruck an ihrem Gesicht. Sie sah starr geradeaus. Es wurde so still, dass ich kaum die Atemzüge hören konnte.

«Nein», sagte Rita. «Er soll gehen.»

«Danke, Rita», murmelte Johnny.

«Bei Rita hast du Glück», sagte Dan. «Eine andere hätte dich reingerissen. Ich müsste es eigentlich tun, Johnny, aber ich tue es nicht. Wir geben dir eine Chance. Allerdings nur gegen Quittung. Eva, bitte gib ihm Schreibzeug.»

Sie tat es wortlos.

«Setz dich hin, Johnny», sagte Dan. «Schreib, was ich diktiere.»

«Nein», rief Johnny voller Angst, «was willst du damit?»

«Dir ein bisschen helfen, auf dem richtigen Pfad zu bleiben. Schreibst du oder schreibst du nicht?»

Johnny schrieb. Noch einmal hörten wir, wie sich alles zugetragen hatte.

Als er unterschrieben hatte, las Dan das Geständnis durch. Er faltete es zusammen und steckte es ein.

«So, Johnny. Du verschwindest jetzt. Aus unserem Gesichtskreis und aus unserem Klub. Die Sache bleibt unter uns vieren. Wir werden den anderen irgendeine Geschichte erzählen, damit sie dich nicht vermissen, und wir werden die Kette unten im Garten wiederfinden. Sieh zu, dass du aus deinen Schwierigkeiten rauskommst. Und leiste dir kein anderes Ding mehr. Denk so oft wie möglich an dieses Blatt in meiner Tasche. Das ist alles.»

Dan drehte sich um und zündete sich eine Zigarette an.

«Und nun schlaf sanft. Die friedliche Nacht habe ich dir ja schon gestern prophezeit.»

Eva stand auf, holte die Nelken aus der Vase und hielt sie Johnny hin.

Johnny nahm sie und ging mit schleppenden Schritten zur Tür. Auf der Schwelle drehte er sich noch einmal um. Niemand außer mir sah ihn an. Er ging hinaus. Die Korridortür fiel ins Schloss.

Wir saßen unbeweglich. Dan stützte sich auf das Fensterbrett und blickte hinunter. Dann kam er zurück und setzte sich zu uns. Langsam löste sich die Spannung.

«Er tut mir leid», seufzte Rita plötzlich.

«Mir auch», sagte Eva.

Natürlich! Sie wären sonst auch keine richtigen Frauen gewesen. Immer Verständnis für alles. Der Anblick des Unterlegenen rührt ihr Herz, und wer am tiefsten gefallen ist, dem ist ihr Mitleid am nächsten.

«Mir auch», sagte Dan zu meiner Freude. «Was sollten wir sonst tun? So kommt er vielleicht wieder zu sich.»

«Du hast recht», erwiderte Eva. «Nett von dir, Rita, dass du ihn nicht angezeigt hast.»

«Was hätte ich davon?», fragte Rita.

«Liebe Kinder», rief Dan. «Wie dem auch immer sei – ich muss was essen!»

Gute Idee, dachte ich. Vor lauter Kriminalistik fällt man vom Fleisch.

«Entschuldigt, dass ich nicht daran gedacht habe! Komm, Rita, wir machen Paprikaschnitzel!»

«Ich wollte eigentlich gehen», meinte Rita.

«‹Eigentlich› akzeptieren wir nicht», sagte Dan. «Hilf ihr, dann geht's umso schneller.»

Die Mädchen gingen in die Küche. Allmählich schienen sie in bessere Stimmung zu kommen, denn sie schwatzten und lachten. Dan beschäftigte sich mit der Rumflasche. Plötzlich drang Gekreische aus der Küche.

«Was ist los?»

«Eva hat den ganzen Paprika über die Schnitzel gekippt!»

«Macht nichts», rief Dan. «Tanzen wir eben hinterher einen Csárdás.»

Langsam kroch ein vorzüglicher Duft in meine Nase. Das Warten fiel mir schwerer und schwerer.

Endlich kam das Essen. Eva deckte den Tisch. Auch mir hatte sie einen Teller zurechtgemacht. Wir aßen mit bestem Appetit, obwohl das Fleisch höllisch scharf war. Dan würde auf dem Heimweg sicher noch ein Gläschen trinken!

Eine Weile blieb Rita noch bei uns, dann verabschiedete sie sich. Herrchen brachte sie nach unten und nahm mich mit.

«Ich danke dir, Dan», sagte sie am Auto. «Ohne dich hätte ich noch einen Haufen Ärger gehabt. Und – bleib bei Eva. Sie ist die Richtige für dich.»

Donnerwetter! Welche Überwindung für ein Mädchen.

Dan sagte nichts.

«Ich mache meine Reise allein. Vielleicht ist es ganz gut so.»

Dan nickte. Er war sichtlich ergriffen.

Rita gab ihm einen kurzen Kuss.

«Wiedersehen! Und nochmals – danke.»

Dan ergriff mich am Fell und hielt mich hoch.

«Bei dem musst du dich bedanken. Ohne ihn wären wir genauso weit wie Sonntagnacht.»

Zum ersten Mal seit unserer Bekanntschaft war Rita

wirklich lieb zu mir. Sie nahm mich auf den Arm und küsste mich sanft auf die Stirn.

«Wiedersehen, Blasi. Wenn du wieder zu uns kommst, mach ich dir was Feines.»

Auch ich war traurig, als sie wegfuhr. Sie hatte ein Herz, genau wie wir alle, und wenn es weh tat, schmerzte es genau wie unseres.

Oben wartete Eva auf uns. «Hat sie noch was gesagt?», fragte sie.

Dan nickte. «Ja. Sie meint, ich sollte bei dir bleiben. Du wärst die Richtige für mich.»

Eva blickte zu Boden, dann wieder in Dans Augen.

«Könntest du es mit mir und diesem struppigen Hund aushalten?» Statt einer Antwort glitt sie auf Dans Schoß. Er küsste sie lange.

Nach einer Weile gingen sie ins Schlafzimmer und kamen ewig nicht wieder. Ich schlief auf dem Sessel ein. Die Uhr schlug in regelmäßigen Abständen, und jedes Mal erwachte ich und stellte fest, dass sie noch nicht da waren.

Es war drei Uhr, als wir endlich nach Hause gingen. Dan sah ziemlich müde aus, aber schließlich hatte er einen schweren Tag hinter sich. Bis heute weiß ich nicht, was sie so lange gemacht haben. Ich nehme aber an, Eva hat ihm noch den schwarzen Unterrock gezeigt. Mit Inhalt.

Kurze Zeit nach diesem ereignisreichen Tag verlobten sich Eva und Dan, und bald darauf heirateten sie. Die Hochzeitsfeier werde ich niemals vergessen. Unser ganzer Klub war dabei, und Eugen war so blau, dass ihm der Schnaps aus den Ohren lief.

Ich überfraß mich und wäre beinahe gestorben. Es stellte sich heraus, dass wir mit Eva auch einen feinen Schwiegervater erwischt hatten. Er ist nicht unvermögend. Und wenn Dan mal ausfällt, kann mich Eva mühelos ernähren.

Wir haben eine andere, größere Wohnung. Eva fotografiert tagsüber, während Dan im Präsidium auf den Dienstschluss wartet.

Rita besucht uns ab und zu und ist nett zu uns allen. Ich glaube, auch sie wird bald heiraten. Mir graust schon vor dem Hochzeitsessen.

Die Skatabende bei Otmar finden nach wie vor statt. Dann denke ich jedes Mal an meine Alkoholvergiftung und an – Johnny. Wo mag er geblieben sein?

Auch die Frühschoppen bei Eugen, dem Bieresel, haben wir beibehalten. Eva sagt nichts, im Gegenteil, sie hält mit und verträgt manchmal mehr als Dan. Einmal besuchten wir Frau von Quernheim. Ich sah meine Eltern wieder und jagte mit meinem Vater durch den Garten, wie in alten Zeiten, als ich klein war.

Jetzt bin ich ausgewachsen, und meine Ohren sind noch größer geworden.

Abends, wenn Dan nach Hause kommt, gibt er Eva einen Kuss und nimmt mich auf den Schoß. Wir sitzen zusammen um unseren Rauchtisch, und manchmal erzählen sie, wie ich in Evas Auto eingestiegen bin und wie ich Ritas Kette gefunden habe. Dann werde ich gelobt und bin sehr stolz. Oft denke ich darüber nach, wie glücklich wir zusammen sind.

Ich habe das beste Herrchen und das liebste Frauchen der Welt, und wenn sie einmal nicht mehr da sind, dann will ich auch nicht mehr da sein.

MIX
Papier aus verantwortungsvollen Quellen
FSC® C083411
FSC
www.fsc.org

Das für dieses Buch verwendete FSC®-zertifizierte Papier *Lux Cream* liefert Stora Enso, Finnland.